MONSTROSITY: RELATOS DE TRANSFORMACIÓN

LAURA DIAZ DE ARCE

Traducido por

CELESTE MAYORGA

Publicado en 2021 por Next Chapter

Arte de la portada por CoverMint

Textura de la contratapa por David M. Schrader, utilizada bajo licencia de Shutterstock.com

Este libro es un trabajo de ficción. Los nombres, personajes, lugares e incidentes son producto de la imaginación del autor o se usan de manera ficticia. Cualquier parecido con eventos reales, locales o personas, vivas o muertas, es pura coincidencia.

Para cualquiera que fue demasiado
en un mundo que no fue suficiente.

Querido Lector,

Cuando éramos niños, soñábamos con ser héroes. Queríamos matar dragones y derrotar a los monstruos que nos asustaban.

A medida que crecimos, nos vimos obligados a tratar de encontrar a nuestros monstruos. Nos habían dicho que serían fáciles de detectar. Los monstruos tenían demasiados dientes, demasiado pelaje, demasiado tamaño.

Eran mentiras. Dejamos de querer ser héroes. Empezamos a querer ser más, a ser demasiado. Queríamos, necesitábamos, más de lo que el mundo podía darnos. Queríamos más de lo que nos dijeron que deberíamos ser. Queríamos convertirnos en monstruos.

Querido Lector, quiero tres cosas para ti mientras lees estas historias. Espero que encuentres una historia que te traiga alegría. Espero que encuentres una historia que te dé cierta incomodidad. Finalmente, espero que encuentres aquí una historia que te haga demasiado, que te haga un poquito monstruoso.

Que te cautiven y te entretengan mis relatos de monstruos. Que estas historias te ayuden a despertar al monstruo que hay dentro.

Laura Diaz de Arce

HOMINUM

SIN ÉL (Y ÉL Y ÉL) NO HAY YO

PODÍA VER LAS PEQUEÑAS IMPERFECCIONES EN SUS tatuajes de la espalda desde este ángulo. Uno era una paloma grande y grisácea que rodeaba un cráneo alargado. El ojo de la paloma estaba un poco raro, y pude ver mejor su irregularidad mientras respiraba. Su amigo se lo había hecho en la parte trasera de un garaje. Dijo que representaba cómo la vida era corta o alguna mierda así. Siempre me alimentaban con estupideces así y yo me las comía.[1]

La luz entraba en lo alto de este motel de mierda. Él todavía estaba desmayado por la cerveza barata y el whisky que había comprado en la gasolinera anoche. Me levanté y me puse su camisa.

Apestaba a él, a su sudor seco, a cerveza derramada y al polvo del desierto. Tan solo ayer mismo, encontraba ese olor atractivo, pero estaba perdiendo su brillo. Ahora olía a repugnancia, un sustituto asqueroso de un cuerpo que se derretía frente a mí.

Sabía que a él le gustaba cuando me veía así. Cuando se despertara, me encontraría con su camisa gastada, mi delineador de ojos de anoche corrido de la manera correcta, mi cabello medio despeinado y un cigarrillo encendido colgando de mi boca en un ángulo. Me miraría sin pensarlo dos veces, pero sé que si le doy esa mirada de perra cansada, no podrá evitar que su pito se mueva. Tenemos mucho en común, él y yo, a los dos nos gusta sentirnos como una mierda.

Probablemente me pondrá encima de él y cogeremos. No sería hacer el amor, no es así como yo lo llamaría. No, estaríamos en celo como animales durante unos minutos. No esperará a que me moje, simplemente meterá sus manos entre mis muslos, empujando sus dedos callosos en mi piel para separarlos. Cree que su rudeza es ardiente. Se da demasiado crédito a sí mismo. Mis mejillas arderán, no por el rubor sino por el alambre de su barba mientras empuja su lengua por mi garganta. Agarrará mis tetas, no para excitarme, sino para su propio entretenimiento. Luego me clavará su pene medio duro y marchito dentro de mí y tendré que forzar un gemido convincente, no es que él necesite ser convencido.

Hace unos días, eso habría sido lo que me retuviera. Me sentiría satisfecha por unos momentos, cálida en el abrazo, en la atención, en el conocimiento de que había ganado el juego. Pero hoy no soy esa. Hoy parece que va a ser una tarea ardua. Y esta vida, que esperaba que no fuera una rutina, tiene su propio ritmo lento y estúpido. Y ahora me estoy aburriendo, como con el resto de ellos.

Nos conocimos hace cuatro meses en un pequeño agujero sin nombre al norte de Reno, pero él es el que seguía en una serie de mis amantes. Hombres. Necesito probar nuevos sabores y anhelo los que aún no he probado. Juego con el sabor en mi lengua, pero pronto el sabor es insípido y quemado. Busco probar a los hombres para que se adapten a mi estado de ánimo.

* * *

Como la mayoría de la gente, comencé con Vainilla. Ni siquiera vainilla normal, vainilla endulzada con Splenda. Era un buen chico de casa. El capitán de nuestro equipo de fútbol conmigo, la reina del baile. Clichés de pueblo pequeño. Él le pedía disculpas a Jesús después de que nos besábamos. Yo quería más, pero lo único con lo que me dejaba salirme con la mía era una masturbación adolescente nerviosa de vez en cuando. Olía a césped mojado y a sudor de los entrenamientos del equipo. Todavía veo sus dientes perfectos, su barbilla con hoyuelos. Su falsa masculinidad y confianza fue la asquerosa colonia dejada en un beso con la boca cerrada. Cuando estaba con él, usaba faldas hasta la rodilla y suéteres tipo cárdigan para el grupo de oración. Como reina del baile, aprendí a sonreír con gracia para ocultar mi desinterés.

Después de una desastrosa ruptura con mi capitán de fútbol, que incluyó a él llorando en la puerta de mi casa, amenazando con suicidarse, pasé al payaso de la clase. Tenía el pop y la ligereza de Ginger Ale. Sus pecas salpicaban su rostro y su cuerpo hasta la pelvis. Estaba delgado y tenía el torso desnudo, con esas mismas pecas salpicando sus hombros y torso. La cabeza de su pene circuncidado tenía una peca solitaria en la punta, que al principio pensé que era linda, pero se convirtió en una imperfección desagradable. Olía a marihuana, desodorante y ambientador.

Yo vestía *jeans* holgados, camisetas oscuras y delineador de ojos torcido para llamar su atención. Dejé que mi cabello se engrasara y aprendí a fumar marihuana cuando puse mis ojos en él. Él pensaba que yo era una perra en celo antes de que terminara la semana. Sus bromas y sus movimientos (cinco en total) se volvieron viejos. Pero con él pude jugar como uno de los chicos. Yo era genial, divertida y de bajo mantenimiento.

La actuación fue agotadora.

Y luego estaba Chocolate, era un aspirante a diseñador o alguna tontería. Fuimos a muchos clubes, a muchas fiestas en las que hablaba demasiado de su talento y su destreza comercial. Yo era la modelo en persona que exhibía como al teléfono más reciente.

Me puso unos *jeans* ajustados y vestidos con aberturas a los lados. Caminaba con tacones con los que me tuve que extralimitar para caminar. Y me cogió, con los ojos tan abiertos que parecía que dolía.

Cuando huelo una colonia fuerte o escucho el bajo pesado de una canción de rap, pienso en él.

Fue el inversor de Chocolate quien me tomó. Le gustaban las cosas finas y tenía el dinero para conseguirlas. No fue su dinero lo que me compró como amante. Fue la forma en que me miró sobre un vaso de whisky caro. Como si ya fuera suya.

Lo era.

Él era mayor, estaba casado y tenía cuarenta y tantos años, pero se veía bien. Tenía las características cinceladas y estilizadas de algo clásico bien cuidado. Sabía a cuero, puros y al viejo Hollywood. Me mantuvo con pieles y ropa a la medida.

Ibamos a algún evento conmigo de su brazo, una sonrisa de estrella en mis labios y un largo cigarrillo en la punta de mis dedos. Yo también fui un trofeo para él. Brincaba y me deslizaba como una encantadora gatita sexual, escondida en la seda. No necesitaba decírmelo, quería que otros hombres me quisieran. Quería que codiciaran su propiedad, su automóvil, su ropa, su dinero y su amante.

Era una seductora coqueta con todos los hombres que conocíamos. Desde los socios comerciales calvos, hasta los jóvenes y guapos camareros musculosos. Los ojos de ellos se enfocarían primero en mis pestañas, luego se deslizarían lentamente hacia mis labios delineados y gruesos, luego continuarían hasta mis senos. Cuando llegaban allí, yo tomaba el tiempo de un respiro para subir y bajar mi pecho, y la exhalación los dirigía aún más abajo. Y cuando llegaban a mi cintura, cambiaba mi peso de un pie al otro para que mis caderas se balancearan de un lado a otro.

El mensaje era claro: imagina este cuerpo joven retorciéndose debajo de ti. Imagina la clase de hombre que podrías ser. Yo era una fantasía viviente para los lobos. Y si él los veía mirándome, si los veía explorando su objeto, se volvería loco por mí.

En retrospectiva, el sexo era aburrido. Solo le gustaban los juegos previos que me sometían. Pero todo lo que yo necesitaba era el recuerdo de esos ojos puestos en mí, de las miradas hambrientas que me devoraban. Que me llenaban de una deliciosa calidez con sabor a caramelo. Rico, dulce, malo para ti.

Viajamos mucho. Saltando de una ciudad resplandeciente a otra y quedándome en *penthouses*, cada uno una jaula dorada donde yo estaba expuesta. Aprendí a preparar cócteles y a arreglarme las uñas en silencio. Aprendí a insinuar sutilmente que necesitaba dinero para cosas y, de alguna manera, fue una bendición. Él era fuerte de una manera que yo no lo era, de una manera que no le importaban las personas ni las consecuencias.

No quería irme, pero su esposa nos alcanzó en Miami y me echó.

Los periódicos nunca lo entendieron bien. Los titulares decían "Trágico asesinato-suicidio: Heredera mata a su marido y a sí misma después de irse a la quiebra". Ella mató al amor de mi vida. A veces pienso que quizás ella también debería haberme llevado. Nuestra muerte hubiera sido tan artística. Tan hermosa con mi hermoso cuerpo joven sangrando con su refinado cuerpo mayor.

* * *

Las Vegas me hizo sentir como una botella de refresco vacía.

Los hombres allí estaban tan vacíos como yo, ninguno podía darme lo que necesitaba mientras vaciaba mi día en las calles. El aroma artificial que bombeaban a través de los casinos, los buffets baratos y las joyas falsas, el calor insípido que hacía que el sudor desapareciera de tu frente antes de que se formara me enfermaba. Lo más repugnante fue la nube de perfume de baño complementario que ahogaba el aire como una nube hundida.

Estaba enferma.

Estaba vacía.

Entonces los vi.

Pasaron en sus motos revestidas de cuero. Conduciendo a través de las calles como si fueran dueños del lugar, y de repente volví a tener hambre.

Qué seguros de sí mismos estaban, una manada de animales merodeando en busca de lo que querían. Podía olerlo, el alquitrán aceitoso de los cigarrillos y los vapores de gas. Todo atravesaba los impecables vestíbulos de casinos y hoteles. Cortó el aire artificialmente perfumado, la colonia y los buffets como un machete. Yo quería uno. Necesitaba uno. Quería ir en esas motos al desierto. Quería coger y ser cogida.

Quería que la piel más vieja y curtida contrastara con mi cuerpo joven y apretado.

El viaje fue agradable, pero Reno resultó ser un infierno suburbano. Afortunadamente, a solo unos kilómetros y botellas al oeste, había una pequeña Ciudad de Mierda a medias con todos los elementos esenciales: un club de *striptease*, tres bares, dos salones de tatuajes y un Walmart. Era como su terreno fértil.

Mi primera parada fue el salón de tatuajes. Mi piel, a pesar de todo, se había mantenido virginal.

¿Sangraría por uno de ellos?

Sí. Lo haría.

—Carne fresca —gruñó uno de ellos cuando entré. Se podía ver en mis pantalones cortos y mi blusa que no cubrían mucho, era obvio que nada tenía tinta. Fue lindo, como si estuviera tratando de asustarme. Me tomó la mayor parte de mi control no reírme y gritarle.

Solo le guiñé un ojo al que tenía un tatuaje y se derritió.

Al final tenía tatuada "Margaret" en mi hombro y otras dos piezas obvias hechas.

—¿Por qué Margaret? —preguntó él, metiendo la aguja en el recipiente.

—Era el nombre de mi abuela —mentí. Simplemente me gusta ese nombre.

Terminó la flor de belladona en mi muslo la tarde siguiente.

Y yo hice que él terminara, porque yo no tenía dinero.

No me quedé porque él no tenía moto.

* * *

A este lo encontré cuando las piezas se juntaron.

El Regaliz que me está cogiendo en este motel barato. Lo vi al otro lado de la habitación en uno de esos bares en ese pequeño lugar de mierda. Tenía mi trampa puesta y él era como una mosca para la araña, con mis medias rotas, pantalones cortos deshilachados y chaqueta de cuero robada. Mi maquillaje de farmacia barato y mal hecho y el tinte en caja gritaban "Problemas Paternales" y él se enganchó. Me compró un trago, luego cuatro y luego un viaje al motel más cercano.

Olía a cerveza, pero estaba bien.

Él era el calor del verano, un verano indiferente, inquebrantable y poco comprensivo. Él era quien él sabía que era: un hombre de cincuenta y pocos años que seguía presionando las drogas como medio para desplazarse de un lugar a otro. Un hombre con una lealtad feroz a sus amigos y su propio conjunto de problemas grabados en piedra.

O lo *era.*

Ahora creo que es demasiado mayor para presionar las drogas como lo hacía a esa edad. Y sus amigos están bien, supongo, pero no merecen su sentido de lealtad.

Lo que más me gustó de él fue su moto.

El otro amor de su vida. No era solo una máquina. Era una experiencia. En el camino me sentí como la yo que debería ser. Cada momento acelerando en la carretera se sentía como un vuelo. Dejaba que el viento cortara entre mis dedos abiertos y que la tierra levantada se enredara en mi cabello. Olía a gasolina y libertad.

* * *

Es tarde en la noche y pongo la excusa para ir a la máquina de hielo. En la parte trasera del motel, robo un cigarrillo. Aquí hay una alambrada endeble que nos separa del desierto. Miro ese paisaje y puedo respirar. Es vacío y, sin embargo, hermoso. Existe por sí mismo, por su vacío. Claro, están los arbustos, las rocas y las criaturas del desierto, los extraños pedazos de basura al azar, pero solo hacen que el silencio sea más fuerte. Tiene una paleta increíble que pintamos en su superficie con nuestros rastros de moto. Es un lugar marcado impermanentemente por nuestros pasos. Eventualmente, el viento llega y sopla sobre esos pasos haciéndolo nuevo. Los cambios del desierto son maquillaje, borrados para revelar su piel.

Está ese cielo azul brillante, ese océano dorado de arena y me doy cuenta de que soy miserable. Él mantuvo mi atención por un momento, pero el sabor dulce se ha ido. Tengo que encontrar una manera de deshacerme de él.

El pequeño mercado de la esquina del hotel tiene champú

seco e insecticida de pulgas en polvo de todas las cosas y empiezo a tramar un plan para deshacerme de él, pero me quedaré con la moto. Por mucho que no me guste él, me encanta el poder de esa máquina entre mis piernas. Los pago con efectivo y regreso al hotel. Tiene una reserva de droga que solo usa para él, no está a la venta. Es para nosotros, cuando queramos, pero yo nunca participo. Le digo que me arruinará la figura y "cariño, eres toda la droga que necesito".

Está en la ducha cuando corto la reserva.

Y espero.

* * *

Dos días después y finalmente lo está sintiendo.

Montamos en su moto en un solitario tramo de desierto. La moto comienza a tambalearse y él se hace a un lado y comienza a vomitar detrás de una señal de tráfico caída. Aquí afuera, estamos solos y estoy agradecida. No puede ser mejor. Esperaba que se enfermara lo suficiente como para que alguien de emergencias lo recogiera en algún lugar y lo mantuviera alejado de mi cabello.

—Dame un segundo bebé, necesito sentarme un poco —dice, luciendo como la muerte.

Está pálido y viejo.

Muy viejo.

Aguanto la respiración y toco su frente. Responde vomitando junto a mis botas. Un poco de vómito llega a la bota negra y contengo mi temperamento para no golpearlo.

—Bebé, tienes fiebre. —Realmente no sé si tiene, pero estoy segura de que él cree que sí.

—Nuestro teléfono no tiene señal. —Sí tiene, pero sé que no lo comprobará ya que sus ojos están vidriosos por la enfermedad.

—Dame las llaves bebé, buscaré ayuda.

Y me mira, débil. Asco. Parece un animal herido, como un mapache al que han atropellado pero que todavía no está del todo muerto, solo sufre. Si tuviera un arma, lo sacaría de su miseria.

Me entrega las llaves. Tan confiado. Le mando un beso y me voy en la moto que apenas empezó a enseñarme a montar hace unas semanas. Se siente más ligera de lo que recuerdo. Miro la puesta de sol y giro en esa dirección.

Y solo soy yo, la carretera y el desierto.

Y soy libre.

Libre como su extensión.

Pero pienso en él por un minuto después de irme.

Tal vez alguien lo encuentre y le ayude.

Tal vez muera y la arena cubra su cuerpo mientras desaparece en el paisaje.

El desierto se enderezara.

Ese pensamiento me llena de una inexplicable calma, y luego pienso, tal vez debería ir a San Francisco. Quizás me pille un magnate de Silicon Valley.

TRES PULSACIONES POR COMPÁS

No recuerdo esas horas. No puedo decirte lo que pasó, es una mancha negra en mi memoria, pero recuerdo qué lo causó. Sé que fue culpa mía porque me hice así. Me hice así porque no tenía otra opción.

Dicen que estas cosas vienen de los padres, pero no creo que sea la verdad. Mis padres, no tenían lo que yo tenía. No éramos nada parecidos, o al menos yo pensaba que no nos parecíamos en nada. Mamá y papá eran la frescura del hielo recién congelado. Incluso en las situaciones más nerviosas, estaban tranquilos. Yo era todo lo contrario. Cuando era niña no aprendí a caminar, corrí. No aprendí a arrullar y hablar, grité. No jugué, libré destrucción. Cuando yo era joven, la vida de mis padres se vio empañada por mis gritos, mis ataques, mis rabias. Fui yo quien les impidió tener otros hijos, un hecho que me dejaron claro con la voz más moderada.

Mi infancia está llena de recuerdos de sus intentos de domesticar mi naturaleza. Mamá se cansaba especialmente en el esfuerzo. Me pusieron en actividades estructuradas para encontrar una manera de canalizar mi energía en otra parte.

Estas actividades y lecciones no hicieron nada para sedarme: fútbol, artes marciales, violín, tenis, piano, etc. Estas actividades solo me dieron más combustible para atormentarlos.

Intentaron entrenar mi cuerpo para que fuera menos de sí mismo. Por ejemplo, durante las comidas me ataban a una silla para que dejara de inquietarme. Recuerdo la frialdad de los dedos de mi madre mientras deslizaba las correas por debajo de mis axilas. Era delicada, pero no de una manera que se preocupara por mi bienestar. Una presencia fulminante era su naturaleza; una naturaleza que, mirando hacia atrás, finalmente me di cuenta de que había sido construida para ocultar algo más.

Nuestras batallas llegaron a un punto crítico la mañana de mi primer período. Hasta entonces solo sabía que tenía una energía, un fuego dentro. No tenía un nombre para eso; ni siquiera cuando hizo que mi cara se sonrojara y mi pulso se acelerara. Ese fue el día que llegué a conocerlo, mientras la sangre corría por la parte interna de mi muslo. No había mucha, yo solo tenía trece años, pero el deslizamiento de esa gota puso en fila algo instintivo.

Furia. Ese era el calor debajo de mi piel. Ira tan fina, tan entretejida en mi ser que supe que no era natural. Esta rabia. Este monstruo que se deslizaba debajo de mí. Ese día arrojé una silla a través de nuestra puerta corrediza de vidrio. Recuerdo que se hizo añicos, el sonido, la forma en que los fragmentos cayeron como nieve. No había un rasguño en mí, mi ira me hacía impenetrable. Con quién estaba enojada, o por qué, no puedo decirlo.

Cuando hice eso, cuando la puerta de vidrio se rompió y reveló mi naturaleza, podría haber jurado que la vi. En los ojos de mi madre, los ojos azules que rara vez se estremecían, había una chispa de la misma ira. Ahora que lo pienso, la rabia que residía en mi ser era quizás algo que había heredado. Pero ella debe haber aprendido a controlarla a una edad temprana;

restringirla, cubrirla con arcilla, tierra y hielo de tal manera que no supieras lo que hierve a fuego lento justo debajo de la superficie.

Con el tiempo, aprendí a ocultarla, al menos hasta cierto punto. Aún corría como lava a través de mí. Siempre fui consciente del monstruo que había dentro. Debajo de cada sonrisa cautivadora, risa coqueta o mirada hacia abajo, estaba al acecho, mordiendo el bocado. Como mi madre, pensé que lo tenía bajo control.

Después de un tiempo, fui a la Universidad, y luego me fui a una carrera en una ciudad distante y fría. Tenía la esperanza de que el frío de este lugar la mantuviera hibernando. Las cosas estuvieron tranquilas por un tiempo, no pensé en eso, en la rabia que palpitaba en mi ser a cada momento. Mis días estaban llenos de trabajo, de lo cotidiano: hacer la compra, ir a mi trabajo, acudir a las citas. Mi ira saltaba a veces, provocando un temblor en mis manos o un enrojecimiento en mi cara. Podía sofocar estas ráfagas y estaba bien. Estaba sola, pero estaba bien. Estaba sobreviviendo.

Eso fue, hasta que recibí la llamada.

La policía tardó meses en concluir su investigación, en parte porque tuvieron dificultades para armar el cuerpo de mi padre. Ni siquiera lo identificaron completamente hasta que quitaron partes de su cara de los gabinetes de la cocina. Como lugareños de un pueblo pequeño, la policía nunca había visto una masacre semejante y necesitaban traer expertos forenses para recrear el crimen.

Durante semanas, los periódicos cuestionaron y sensacionalizaron lo que había hecho mi madre. Estaban incrédulos, porque ¿cómo podía una mujer pequeña y tranquila hacerle eso a su marido? ¿Cómo pudo haber provocado tal masacre solo para luego girar el cuchillo contra ella misma? Los "cómo" y "por qué" que nunca fueron completamente respondidos para el público, pero yo lo sabía. Lo supe porque estaba en las profundidades de mi propio ser.

Ambas creíamos que habíamos domesticado a la bestia, solo para que apareciera cuando menos la esperábamos. Fue entonces cuando supe que tendría que buscar una solución más permanente a mi problema. Si mi madre, que estaba restringida a tal grado que su control parecía sin esfuerzo, no pudo detener la rabia interior, entonces, ¿qué esperanza tenía yo?

Mis incursiones para curar mi condición comenzaron con la meditación. Luego, remedios caseros y hierbas. Luego medicamentos. Luego alternando los tres y creando brebajes híbridos hasta que finalmente estuve llenando mis días con todas las medidas para mantener a raya la ira. Por separado o en combinación, todavía podía sentirla: la furia ardiente en mis venas. Después de algunos años de tratamientos inútiles, me volví hacia la religión, cualquier religión. No encontré satisfacción, solo una creciente ira e irracionalidad.

Una fatídica noche, mientras la ira arañaba mi estómago, encontré un artículo sobre la Dra. Cecelia Travestere y su investigación. Había experimentado con la hipnosis musical, utilizando acordes musicales para ayudar a los animales, y luego a las personas, a regular sus emociones. La Dra. Travestere obtuvo recientemente resultados prometedores en el tratamiento de pacientes con depresión y el alivio de las alucinaciones. Yo solo necesitaba sofocar la ira, lo suficiente para seguir adelante. Le escribí y me ofrecí como sujeto de prueba esa noche.

La Dra. Travestere se apresuró a contactarme. Más tarde se supo que varias asociaciones psiquiátricas habían criticado su trabajo y que no podría financiar completamente su investigación sin voluntarios no remunerados. No me importaba que me pagaran. Me importaba poder vivir con esto.

Su oficina estaba en una zona casi olvidada de la ciudad,

rodeada de edificios cerrados y clínicas temporales. La instalación en sí estaba anticuada, pero limpia. Parecía haber sido una antigua oficina del gobierno reutilizada para este tipo de trabajo individual. El baño era pequeño y viejo, un dispensador de jabón espumoso sobre una encimera de formica beige. Las "habitaciones" eran grandes, más grandes de lo necesario y estaban alfombradas con esa alfombra azul profundo estrecha que se ve en las escuelas o en los DMV. Todo esto fue en gran parte reconfortante, familiar. El asistente de la Dra. Travestere tomó mi información sin ningún comentario o juicio. Me había imaginado una instalación estéril con habitaciones y paredes blancas, pero en cambio esto podría haber sido un consultorio médico empobrecido. Curiosamente, me tranquilizó.

La Dra. Cecelia Travestere fue igualmente modesta. También la había imaginado como una investigadora distante, ya que solo había habido una foto borrosa de ella en la redacción de su investigación. Se parecía mucho al lugar: ordenado, aunque un poco anticuado. Entre el patrón llamativo en la camisa visible debajo de su bata de laboratorio, sus lentes decididamente de gran tamaño y muy poco favorecedores y su cabello claro recogido en un suave moño en la nuca, podría haber adivinado cualquier edad entre los treinta y los sesenta años y haberme equivocado fácilmente por veinte años. Sin embargo, no era fría, no estaba distante en lo más mínimo. Ella sonrió con auténtica calidez y me estrechó la mano con cuidado.

Su asistente le informó sobre mi salud y mi historial médico y ella asintió con la cabeza. Finalmente, se volvió hacia mí y me preguntó:

—Entonces, ¿en qué quieres trabajar?

Mi boca se secó por un momento.

—Ya no quiero estar enojada.

Quizás era un blanco pálido en las luces fluorescentes o el

polvo de la alfombra, pero por un momento podría haber jurado que la vi: la rabia brilló en sus ojos y supe que ella entendía lo que yo había querido decir.

Para el procedimiento, me dijo que me recostara en una cama de hospital en el centro de una de las habitaciones oscuras. Por su pátina, era fácil adivinar que esta cama usada era un hallazgo con descuento. Durante unos minutos contemplé esta cama, asimilando el ligero óxido y el plástico amarillento que tenía. Me pregunté cuántos de sus otros voluntarios habían estado en esta misma superficie. Me pregunté cuántos pacientes del hospital también lo habían estado. Y me pregunté, con bastante morbo, cuántos habían muerto. Este pensamiento despertó mi ira y tuve que respirar profundamente para tranquilizarme.

Lo que había leído sobre su investigación carecía de detalles. Todo lo que realmente sabía era que era no invasiva e involucraba sonido. Más exactamente, explicó ella, se trataba de música. La Dra. Travestere había descubierto una serie de acordes y ritmos musicales que aislaban partes del cerebro. Su trabajo involucraba el uso de música subliminal como una forma de calmar o estimular partes de la actividad cerebral. Esto permitía a los sujetos otra vía para regular sus pensamientos y sentimientos mucho después de haber dejado de "escuchar". Mi tratamiento consistía en venir a este establecimiento tres veces por semana y acostarme en una habitación oscura mientras tocaban música prescrita, especialmente demasiado baja para el oído humano. Me entrevistarían sobre mi estado antes y después como una forma de seguir mi progreso.

Parecía bastante simple, inofensivo y una solución sospechosamente demasiado fácil para mi problema. La rabia estalló por un momento cuando esto pasó por mi mente, pero luego me di cuenta de que no tenía nada que perder si no funcionaba. Me recosté y cerré los ojos.

Si me pidieras que tarareara la melodía que se tocó, no podría. No está en mi memoria. Solo tengo una vaga idea de lo que era, como un pájaro visto por el rabillo del ojo mientras vuela. A veces, el clic de una puerta o el rasgueo de un arpa o el sonido de un zapato parece desencadenar un recuerdo de ello. Pero es solo el más leve toque de familiaridad y nunca se siente del todo bien. Anhelo escucharlo, incluso ahora, pero cuando trato de recordarlo, es como si tuviera una picazón profunda en mi canal auditivo que no puedo alcanzar. Intento no pensar demasiado en eso. En ese momento solo estaba yo, el "silencio", la cama del hospital y la oscuridad.

Lo que puedo decirles es que los tratamientos funcionaron. Incluso después de esa primera sesión, sentí una ligereza que nunca antes había tenido. Mi ira se había calmado y solo se hizo más evidente a medida que pasaban las semanas. No era simplemente que el monstruo que había en mí se había quedado dormido; sentí como si hubiera sido removido de mi ser. Se mostró en mi comportamiento relajado, mis poses lánguidas e incluso en mi cara. Mi sonrisa ya no era un intento inútil de ocultar un tumulto interior, era una auténtica alegría. Mi cuerpo se volvió suave, ya no firme en su tensión. Fue armonioso. Fue un milagro.

Después de un año de esta paz celestial, el estudio de la Dra. Travestere se quedó sin fondos. Ella iba a vender su edificio y estaba bajo investigación por estudios ilegales y corría el riesgo de perder su licencia. No me sentí conmovida con ira por esto, tal era la eficacia de su trabajo. Ni siquiera sentí resentimiento cuando leí que un colega suyo había recibido una beca por un estudio similar.

Para continuar con mi tratamiento, tuvo la amabilidad de entregarme un disco con la música que me habían estado tocando. Se me indicó que lo limitara a tres horas a la semana y que mantuviera el volumen bajo, justo por debajo de la audición. Ella insistió mucho en que no subiera el volumen por ningún motivo. Con este disco en la mano y la promesa de seguir estas instrucciones al pie de la letra, me embarqué en mi propia automedicación.

Esto funcionó, por un tiempo. La vida sin ira es algo peculiar, porque te vuelves adicto a la serenidad y evitas todo lo que pueda perturbarla. Dejé de preocuparme por las cosas de mi vida. Mi trabajo quizás sufrió, pero como no tenía intención, ambición, ni quejas, me ascendieron en el trabajo. Incluso comencé a tener citas, pero esto no me satisfacía, aunque a los hombres no parecía importarles de una forma u otra.

Después de meses de lo mismo lo volví a sentir, el pequeño ardor en mi pecho. Llegó de repente y sin saber por qué. Todo lo que recuerdo es pasar por un edificio y ver mi reflejo en una puerta de vidrio. Ahí estaba, lo que había tratado de mantener oculto toda mi vida, mirándome con mi reflejo. Comencé a entrar en pánico y aumenté mis tratamientos. Solo una hora extra a la semana, luego dos y luego tres. Aún así, la ira no se detuvo. Sucedió que pasaba casi todo el tiempo escuchando la música que no podía escuchar para tratar de enjaular a esa bestia. Pero no aguantaba.

Luego rompí la promesa que había hecho aún más. Subí un poco el volumen. Lo suficiente para escucharla, con la esperanza de ahogar los sonidos de mi rabia que habían hecho mi propia piel insostenible. Incluso ahora no puedo describirla. Recuerdo que era una melodía simple, hipnótica. Lo más cerca que puedo llegar a una descripción es que era como pies delicados golpeando el escenario durante un ballet. Rítmico, ahogado por otros ruidos. Me tranquilizó durante unas horas maravillosas.

Los latidos de mi corazón parecían imitarlo y me encontré aturdida saliendo de mi pequeño apartamento a la calle. Antes de darme cuenta, había caminado kilómetros a través de la ciudad en la oscuridad hacia el calor de su vida nocturna. En el centro de la ciudad, en una calle muy transitada, había una discoteca grande y ruidosa. Las luces de neón trazaban patrones extraños en el cemento y los seguí, solo para terminar en la acera frente al lugar. En el exterior, como en el interior, la gente estaba muy apiñada. Los olores me asaltaron: el alcohol, la colonia y los perfumes, el sudor, los gases de escape de los taxis que pasaban. Había bocinas afuera, música a todo volumen, ahogando la paz que había encontrado.

Había olvidado el sonido que me había sedado, completa y absolutamente.

El animal que estaba debajo se liberó de sus cadenas. Escuché nada y todo desde ese momento. De alguna manera, el ritmo de la música se había fusionado con sonidos de pisadas a mi alrededor para crear un sonido nuevo y extraño dentro de mi cabeza. La música de prescripción de la Dra. Travestere había sido reemplazada en un solo momento por algo pesado y primario. Solo conocía las luces, los olores, los sonidos, la rabia. Todo se volvió increíblemente brillante y ruidoso durante una fracción de segundo. Y luego, de repente, se volvió negro y silencioso.

No recuerdo mucho después de eso. Hubo gritos y música de un ritmo que solo reconozco parcialmente. Todavía hay sangre secándose bajo las yemas de mis dedos. Está el olor en mi ropa y un sabor en mi lengua. Vidrio roto está grabado en partes de mi cuerpo. Hay un brazo desgarrado, no el mío, en mi mano y varios cuerpos asesinados quedan a mi alrededor. Hay una melodía que sigo tarareando que parece que no puedo sacarme de la cabeza.

Entonces, ¿qué puedo decirte de todo eso? ¿De todo mi trabajo para contener mi naturaleza? Puedo decirte que ya no anhelo una jaula.

ALGUNOS SUEÑOS SIMPLEMENTE NO VALEN LA PENA

Ella lo piensa. «¿Cuál es esa palabra? Significa lo mismo que dulce. Oh, sí. Sacarina. Sa-ca-ri-na. ¿Lolita? Sacarina. Azúcar dulce, dulce y aceitoso. El techo, goteando todo de azúcar. Dulzura apetitosa, reconfortante y pegajosa. Una tierra de dulces. El techo parecía sacarino. No es así como se supone que debes usar la palabra», piensa. «Bueno, ¿a quién le importa?» Nadie está con ella. Solo los ojos de las palomas muertas recogidas y los animales de peluche sobre los que yace. Ellos, por supuesto, no dirían nada para contradecirla; no dirían nada en absoluto. A menos que ella estuviera en una situación realmente mala o peor, entonces todo fue en vano.

El techo parece sacarina, como si estuviera goteando dulce. Casi abre la boca, pero se resiste. Quizás en algún lugar de su mente se da cuenta de que no es dulce, sino agua aceitosa que se filtra desde la habitación de arriba en el edificio abandonado y condenado en el que está en cuclillas. Su nombre: Emily. A veces lo olvida. A Emily, a veces le gusta el azúcar en la lengua, otras veces hace que la lengua sea demasiado grande y llena. Los animales de peluche se retuercen debajo de ella en respuesta a sus propios movimientos, algunos de ellos son encontrados, otros robados, y ninguno de ellos está en perfectas condiciones. Una hermosa chica de veintiocho años que todavía usa su cabello rubio en coletas. Su madre solía llamarla su "muñequita de porcelana" por su rostro perfectamente terso y sus grandes ojos expresivos.

Huele en este edificio, pero nadie más está allí para notar el olor a orina rancia, mierda, moho y madera podrida. También hay un toque de dulzura en el aire debido al olor azucarado de la descomposición de las ratas muertas y los ratones arrojados a la esquina. Ella ha puesto las palomas muertas, gusanos y todo, a lo largo de las paredes para que sus ojos muertos puedan vigilarla. Emily vive como un eco en este lugar y en el mundo, todo en mal estado, olvidada en su castillo que ocupa ilegalmente en ruinas.

No te equivoques, ella es amada y extrañada, porque para su familia y amigos, ha desaparecido. Emily solo salió por la puerta un día en una nube parcial de conciencia con una bolsa rosa de pertenencias (esenciales y superfluas), e hizo autostop los mil cien kilómetros hasta donde está ahora. Demonios, Emily ni siquiera sabe el nombre de la ciudad en la que se encuentra, solo que tiene muchos parques bonitos. En casa, ella está Desaparecida y Presuntamente Muerta.

Hoy sería un buen día para dar un paseo, piensa, cuando su euforia comience a bajar y su energía suba un poco. Después de una siesta, Emily se levantará, se pondrá bonita y saldrá a caminar. Quizás consiga algo de comer. Luego volverá a casa y se drogará. Un día productivo sin delitos. Se siente demasiado cansada y fuera de sí para robar hoy, y realmente no necesita nada. Habrá mucha comida en el contenedor de basura afuera del lugar italiano en la esquina. Ah, y las donas de Krispy Kreme tiradas a la medianoche.

Quién sabe qué hora es cuando Emily se despierta y se

levanta de la cama. Emily ciertamente no lo sabe. Va a la ducha decrépita y se limpia. A pesar de las condiciones grotescas en las que vive, Emily hace todo lo posible por mantenerse limpia. La limpieza está al lado de la Santidad después de todo. Recita ese dicho una y otra vez y se baña en la palangana de agua de lluvia llena de moho (excepto el inodoro atascado, ella caga en un balde). Emily repite este dicho tanto vocal como mentalmente con la voz de su madre. «La limpieza está al lado de la Santidad, la limpieza está al lado de la Santidad. Limpieza. Santidad. Santo limpio. Dios limpio. Soid oipmil». Su cabeza comienza a dar vueltas y vomita. Emily sigue lavándose, frotándose con fuerza con las manos hasta que está tan roja como una langosta.

Después de un lavado a fondo, se seca con servilletas robadas y ropa sucia. Emily se enorgullece de su previsión de haber tomado el montón de servilletas, es decir, cuando es coherente. Va al espejo y se cepilla el cabello exactamente cien veces. «Uno, dos, tres, cuatro...» Como le han enseñado. Trabaja durante varios minutos en la raya de su cabello y se recoge el cabello en coletas altas y apretadas con bandas elásticas desgastadas. Emily sabe que están listas cuando su cuero cabelludo se pone rojo. Se pone un poco de maquillaje: sombra de ojos rosa brillante y rubor. Para combinar, se pone una monstruosidad de vestido gigante rosa, todo lentejuelas, tul y rosa. El vestido es uno de sus favoritos: lo usó cuando ganó su tercer trofeo de primer lugar en el certamen, hace seis años. Ahora le falta la mitad de las lentejuelas y el tul está rasgado. Rosa. Rosa. Rosa. «¡Rosa!» Todo muy rosado. Emily se mira en los fragmentos del espejo, todavía alta, ahora limpia y vestida, y piensa: «Hermosa». ¡No olvides el lápiz labial Emily! "Desaparecida y Presuntamente Muerta".

Por supuesto, todavía está demasiado bombardeada para

reconocer que se ve ridícula haciendo cabriolas y saltando por la calle. Lindo en una chica dos décadas más joven, pero ahora es simplemente perturbador. Pero ella salta ante todos los extraños boquiabiertos. Y solo se siente mejor cuando el estímulo que tomó antes de irse, solo un poco, comienza a hacer efecto, es realmente más un sabor que ese sentimiento de séptimo cielo. Las miradas, bueno, solo validan lo hermosa que es. Adorna las calles de la tarde, sonriendo y saludando como una reina del baile a cualquiera que mire en su dirección. Emily, hermosa Emily. Se imagina lo que deben estar pensando de ella: «Oh, qué linda jovencita. Qué belleza. Bueno, ¿no es un encanto? Qué rayo de sol. Debe ser una princesa. ¡Debe ser una reina!» Pero puedes adivinar lo que la mayoría de la gente realmente está pensando: "¿Qué diablos...?"

La realidad que Emily cree que habita no es la realidad que el resto de nosotros conocemos. Para ella, las miradas exageradas durante mucho tiempo son solo las miradas de su público que la adora. Tararea mientras se acerca al parque. Este parque probablemente se ve mejor en su mente de lo que realmente es, así que imaginaremos lo que ve: árboles majestuosos llenos de hojas verdes vibrantes que se elevan del césped suave en el que podrías recostarte como una cama. Pájaros, pájaros reales piando y cantando en esos árboles. Pájaros hermosos, maravillosos y asombrosos. «Suenan tan bonitos y dulces», piensa. Y hombre, ¡esas flores huelen muy bien! Emily no ve ni una lata de refresco o una botella de cerveza que se hayan caído. No, simplemente se pasea por la acera amistosa como la reina de belleza que es.

Más adelante hay una pequeña multitud. Bueno, eso despierta el interés de Emily. Nuestra pequeña heroína se acerca para ver que están mirando a un artista callejero. ¡Un mago! Qué pintoresco, y está haciendo todos los favoritos:

conejo de un sombrero, trucos de cartas, los anillos sólidos que se separan y cualquier otro truco gastado y trillado del libro. ¡Pero hombre, los niños se lo están creyendo! Emily también: está encantada con el hombre de traje, capa y sombrero de copa mientras agita con gracia su varita mágica con punta de joya. A sus ojos, él es una extraña mezcla de mago y un caballero de brillante armadura blandiendo una espada. Su cabeza desordenada cree que él es mágico, y está encantada. Ella no puede apartar la mirada. Vitorea y aplaude en cada truco. Aguanta la respiración antes de cada revelación. Le encanta su mandíbula cuadrada bien afeitada y su sonrisa perfecta, no se da cuenta de que le falta un diente ni del gran lunar en su mejilla. Esta magia es tan emocionante. Su favorito es cuando saca una paloma de una servilleta; es de peluche, él no puede permitirse el lujo de tener un pájaro de verdad. Cuando termina su numerito y empaca, recogiendo el cambio en la caja, Emily se queda. Sus ojos se encuentran y él está enamorado.

No, en realidad no. Este no es ese tipo de historia.

No, lo que el Asombroso Liam, ese es su nombre artístico, no muy original, ve es un gran desastre. Pero él conoce esa mirada y ese desastre, porque él era un adicto a la heroína y un vagabundo hace dos años. Lo arrestaron y cambió su vida. Lo que ve es una mujer hermosa en ese estupor drogado y piensa: «Oye, puedo salvarla. Puedo moldearla. Mierda, ella es guapa, puede que me acueste con ella». Él confunde esto con amor, su corazón está mayormente en el lugar correcto, por lo que no podemos culparlo por acercarse a ella y ofrecerle una comida.

—¿Disfrutaste el espectáculo?

—¡Oh, sí! ¡Mucho!

—Puedes llamarme El Asombroso Liam —dice inclinándose galantemente—, o simplemente Liam. ¿Y tú eres?

—Soy Emily.

Ella extiende la mano y él ve sus uñas sucias y con poco esmalte, pero aún así la besa.

—¿Te gustaría comer algo?

—¡Oh! ¡Me encantaría!

Liam la lleva a una hamburguesería cercana, es barata pero limpia. Emily siente curiosidad por estos sentimientos inusuales que está teniendo y cree que también puede estar enamorada de este caballero. Ella piensa que él tiene una verdadera magia genuina. Pregunta todo sobre sus trucos, pero un mago nunca revela sus secretos. Liam ordena por ella y le cuenta la historia de su vida mientras él continuamente mira hacia abajo a sus tetas perfectas, todo gracias al Dr. Wexel, él es un mago por derecho propio (fueron un regalo para su decimoctavo cumpleaños). Él le cuenta cómo creció en el lado equivocado de la ciudad... bla bla... drogas... agujas... Luego llega a la parte donde lo arrestan y tiene esa llamada de atención en la cárcel. Ahora tiene un buen trabajo en el supermercado y hace magia en sus días libres porque le encanta y es un poco de dinero extra. Aquí está la parte buena: él se inclina sobre la mesa, pone su mano sobre la de ella y dice:

—Puedo ayudarte, ya sabes. He estado donde tú estás y sé por lo que estás pasando. Deja que te ayude.

Por supuesto, Emily dice que sí.

Liam la lleva a casa con él, llevando gentilmente a nuestra chica a su piso de soltero. Él le da una camiseta grande y unos calzoncillos para que se cambie y le dice que el baño es la primera puerta a la derecha. Cuando se ha vuelto a lavar, esta vez con jabón, se cepilla el cabello con el peinecito cien veces, *uno, dos, tres, cuatro...*, y dobla su vestido favorito al salir.

Él ha estado esperando en el sofá durante mucho tiempo

preguntándose qué había sucedido. El té de ella se está enfriando. Cuando ella sale, se da cuenta con tristeza de que él también se ha cambiado su atuendo de mago por unos pantalones deportivos y una camiseta. Dice en letras llamativas de color naranja: "La Cuarta Conferencia Anual de Magia". La magia ha desaparecido. Se da cuenta de que el pájaro que sacó antes está sobre la mesa. Ve sus ojos de vidrio falso y se siente más disgustada. La euforia de Emily está disminuyendo un poco, este es solo uno de esos ciclos cohesivos, cerca de la abstinencia, pero no del todo. Él le entrega la taza de té de microondas y la sienta en el sofá, tratando de decidir su próximo movimiento. ¿Debería encender la televisión? ¿Preguntarle sobre ella? No, puede que no se sienta cómoda.

Finge confianza.

—¿Te gustaría algo más? —pregunta él con una sonrisa de buen intérprete.

—No, estoy bien. —Los ojos muy abiertos de Emily escanean con curiosidad la habitación. Se vuelve cada vez más coherente mientras se sienta. Es un ciclo lúcido, que desaparecerá. Ella mira para ver si hay cosas que le gustaría llevarse con ella cuando se vaya. Jabón... sí, esta camisa... sí, tal vez algo de comida enlatada, definitivamente el pájaro. No es tan atractivo de cerca. Tiene un pequeño lugar bastante ordenado.

—Entonces, ¿dónde vives? —dijo él, tratando de obtener alguna información relevante de ella.

—Oh, un lugar. —Sus ojos continúan vagando. Un libro, medio envuelto en papel marrón en el suelo, con un hermoso pájaro en la portada. Ella lo recoge. *La Guía del Estudiante en Ornitología.*

—Oh, eso, mi tío es un gran observador de aves y me envió eso para mi cumpleaños. ¿Te gustan los pájaros? —dice Liam, tratando de mirarla a los ojos y notando esa nariz perfecta hacia arriba, también gracias al Dr. Wexel. «Maldita sea», piensa, ella se ha ido de verdad. «¿Todavía la llevo a la cama? No, no estará bien esta noche»—. Tal vez deberías quedarte aquí por un tiempo, puedo cuidar de ti mientras te limpias. —Él pone una mano sobre su hombro.

A lo lejos ella responde:

—Está bien. —Emily definitivamente tomará el libro cuando se vaya, y ha dejado de escuchar.

Se está haciendo tarde. Nuestro caballero de brillante armadura la acomoda en el sofá con algunas mantas y almohadas viejas, y le da las buenas noches. Se dirige a su habitación, se frota uno y luego se acuesta para un sueño profundo y eufórico. «La voy a salvar», es su último pensamiento. En sus sueños, él traza su futuro juntos: se acercarán a medida que ella se limpie. Vivirán juntos y ella conseguirá un trabajo como recepcionista o algo así. En sus días libres, ella actuará como su hermosa asistente durante el espectáculo, atrayendo a muchas multitudes y dinero. Cogerán como animales. Se casarán, se mudarán a una casa bonita y tendrán algunos hijos. Liam es casi más delirante que Emily. Él piensa que son todas las drogas, pero las drogas son un problema relativamente pequeño. Las palabras arrastradas, las alucinaciones y los ojos vacíos son lo que trajo las drogas, no al revés. «El médico no sabe una mierda», dijo mamá conduciendo a casa. Quizás no lo hizo. Bipolaridad, esquizofrenia, tal vez incluso psicosis limítrofe; ni ese médico ni ninguno de los otros que habían visto estaban del todo seguros. Emily no encajaba bien en un estado. Ella permanece en un mundo que a veces es el real, pero a menudo no. Clozapina, Lorazepam, Diazepam, Depakote, Wellbutrin, Invega y Lithium más tarde, nada funcionó del todo bien. Los medicamentos que estaban cerca la cansaron y la hicieron aumentar de peso y «No podemos tener eso», como dijo mamá. Se conectó, se metió en cosas nuevas y las usó para sentirse mejor, tomando cualquier cosa y todo lo que pudiera comprar o robar. Un día pensó: «Eh, estoy bien. Voy a salir de aquí», y sumamá la convenció más tarde ese día cuando empezó a gritar. Durante las últimas semanas su rutina ha sido levantarse, drogarse, cagar, orinar, comer, robar, drogarse y dormir; casi como un reloj. Realmente ha sido bastante pacífico.

Toda la noche, *La Guía del Estudiante en Ornitología* mantiene su atención. Ornitología. Or-ni-to-logía. Or-ni-to-lo-gí-a. Sabe a una palabra tan dulce y el estudio tan maravilloso. Pájaro tras pájaro hermoso en sus nidos y en vuelo. Por si no te diste cuenta por su macabra decoración, le encantan los pájaros. Mamá pensaba que eran sucios, pero Emily los adoraba. Su gracia y aplomo como el espectáculo perfecto. Eran las reinas de la belleza del mundo natural. Los pájaros eran ángeles de la vida real y toda esa mierda. Cuando era niña, Emily fingió ser un pájaro, saltó de un árbol y se rompió el brazo y los tobillos. Ese momento de vuelo fue el mejor subidón que jamás haya tenido. Emily sueña con pájaros.

Por la mañana, Liam la encuentra babeando sobre el libro. Ella no podía hacer nada malo, él lo encontró entrañable. Se ducha, se viste, toma una barra de proteínas y un poco de café, luego escribe una nota sobre dónde encontrar la comida y su número de trabajo. Le pide a su vecino que la revise de vez en cuando, antes de dirigirse al trabajo. El vecino apenas escucha, no le importa y no hará tal cosa, incluso cuando asiente. Liam da un salto en sus pasos mientras camina hacia el autobús. Visualiza un futuro glorioso y no puede esperar a llegar a casa para comenzar con ella.

Cuando Emily se despierta por la tarde, lee y tira la nota como un gatito molesto al que le dan un juguete ofensivo. Come, se ducha y se cepilla cien veces *una, dos, tres, cuatro...*, empaca algo de la mierda de él y se va a casa. «Toma el libro y el pájaro». Ella es asombrosamente coherente al estar en abstinencia, un estado que arreglará muy pronto.

No hace falta decir que Liam se enoja cuando llega a casa. «No se puede confiar en una drogadicta», piensa mientras recorre el apartamento.

—¡Esa perra, esa maldita perra ingrata! —Llama a la policía. De alguna manera, ha esquivado una bala. No había forma de que pudiera salvarla. No es un caballero de brillante armadura y no tiene magia.

El viento ha inclinado a los pájaros de Emily, por lo que los vuelve a poner meticulosamente. Emily encuentra su escondite y toma una buena dosis. Ella se recuesta en su cama de animales de peluche disfrutando del libro. La paloma, el pavo real y el ruiseñor pasan corriendo. No, pasan volando. Llega el subidón, un subidón pacífico, maravilloso y emocionante. Mejor que cualquier orgasmo. La alucinación también llega (química o biológica, tú decides). Pájaros, baten sus alas. «Emily, mmm ih ly». La llamada, el sonido de un ala cortando el aire. El zumbido del colibrí. «MMMM, ihhhh lyyy. ¿Qué pájaro es Emily? Emilia Aves, suena bien. ¿O es Aves Emilia? Aves Emily. A-vez-Em-i-lia. Chirrido, chirrido. Silbido. MMM. Puedo volar. Mamá, voy a volar. Vo-lar».

En poco tiempo, Emily toma parte de su preciosa colección y se pone emocionada a arrancarle las alas a los cadáveres de los pájaros. A veces usa fragmentos de espejos rotos para ayudar, cortándose las manos sin darse cuenta. Ella se quita la ropa. «Necesito algo pegajoso. Mierda, usa mierda». Se la embarra en la espalda y, dolorosamente, posa las alas a lo largo de la columna. Imagínatelo, una hermosa chica de veintiocho años, desnuda, con perfectas coletas apretadas. Su espalda está cubierta de pedazos de mierda vieja con alas de paloma en descomposición, algunas de las cuales se están deslizando. Esta hermosa chica en un edificio en ruinas. Es un espectáculo. Imagínatelo, su trasero, su espalda, sus tetas perfectas, su nariz perfecta y un brillo salvajemente emocionado en sus ojos. Esa sonrisa brillante. Imagínala ahora. Emily corre hacia el techo, de cuatro pisos de altura, sin apenas necesidad de recuperar el aliento. El sol está alto como ella y el viento trabaja bien. Empieza a correr, cierra los ojos, sonríe y salta...

Finjamos que ella realmente lo logró.

LA BRUJA Y EL VENDEDOR O CÓMO EDUARDO ENCONTRÓ SU CORAZÓN

Nota de la autora: Esta historia está escrita, a falta de una frase mejor, en spanglish. *Crecí en un hogar bilingüe y las historias nunca fueron 100% en inglés o 100% en español. Para honrar esto y honrar el lugar de donde viene mi madre, Chile, escribí esta historia. Espero que la disfrutes.*

Nota de la traductora: Esta es una traducción completamente al español, por lo que se dejará en italicas lo que estaba en español en la historia original.

ÉRASE UNA VEZ UN VENDEDOR VIAJERO QUE SE LLAMABA Eduardo. Eduardo vendía sombreros.

—*Los sombreros más lindos del mundo. Sombreros para los padres, niños, rancheros y sacerdotes* [1]—cantaba mientras saltaba hacia el pueblo. Los niños venían y miraban a Eduardo, que llevaba todos los sombreros que vendía en la espalda y en la cabeza. ¡Era todo un espectáculo!

Todas las mujeres llegaban también cuando él llegaba al

pueblo, porque Eduardo era muy guapo. Aunque llevaba todos esos sombreros, *caminaba como un príncipe.* Tenía una voz como el suave redoble de un trueno *y una sonrisa* que brillaba como la luz al atravesar una nube. Viajaba de pueblo en pueblo en el valle de una cordillera y dondequiera que iba, las jóvenes sonreían y coqueteaban con él. Todas querían casarse con él y las madres de las jóvenes querían que se casara con sus hijas.

—¿Y cuándo te vas a casar, Eduardo? —preguntaría *una Señora,* señalando a su hija con el mentón inclinado o pestañeando.

Eduardo se reiría con esa risa estruendosa suya.

—Cuando me enamore. —Sería su respuesta, y pronto se mudaría a otra aldea. Sucedió que si bien Eduardo encontraba hermosas y encantadoras a muchas mujeres, no sentía que pudiera amarlas. Incluso Serena Del Río, la mujer más bella de todos los pueblos, con su cabello oscuro y su piel clara como el agua quieta, no pudo mover su corazón al amor.

En un caluroso día de verano, luego de rechazar la mano de Serena, Eduardo se sentó al pie de una montaña con todos sus sombreros y lo consideró seriamente. Encontraba bonitas a muchas mujeres y a menudo sentía algo por ellas, pero nunca se había enamorado, o al menos nunca supo si lo había hecho. Mientras Eduardo pensaba, uno de los hombres respetados del pueblo, Don Juan Carlos, vino a verlo en su estado pensativo.

—¿Qué te pasa, amiguito? —preguntó Don Juan Carlos—. *¿Por qué tienes esa cara?*

Don Juan Carlos era un *ranchero* respetado con una esposa encantadora y muchos buenos hijos, y la gente a menudo lo buscaba por su sabiduría. Eduardo le contó todo, sobre cómo no sentía su corazón moverse por ninguna mujer más allá de la simple atracción física. Eduardo le confesó a Don Juan Carlos que temía nunca enamorarse y tener una hermosa esposa a la que regresar a casa, o una mujer que pariera a sus hijos y preparara sus comidas.

Después de escuchar esto, Don Juan Carlos se acarició la barbilla mientras pensaba. ¡Entonces, *caramba*! *Se le prendió el bombillo*, Don Juan Carlos parecía haber resuelto el problema. Miró a Eduardo con un rostro serio como una piedra.

—*¡Amiguito, creo que no es un problema tuyo solamente! ¡La bruja que vive arriba de la Montaña te ha echado una maldición y te robó tu corazón!*

Así es como Eduardo se enteró de la bruja que robaba el corazón de los jóvenes, y decidió entonces encontrarla y confrontarla. *Con todos sus sombreros*, Eduardo subió la montaña. Esta no fue una caminata rápida y fácil, incluso para alguien tan joven y fuerte como Eduardo. El aire era más fino y frío. El terreno era difícil de escalar, el suelo era poco profundo en muchos lugares y sus botas no podían agarrarlo. Por la noche se construyó un pequeño refugio de sus muchos *sombreros* y preparó mate para aliviar el dolor en todo el cuerpo. Pero Eduardo estaba decidido a recuperar su corazón de la bruja y un día enamorarse.

Llegó a la cabaña de la bruja temprano una mañana. Estaba construida en la ladera de la montaña y podía ver un pequeño jardín *y un corral con cabras y alpacas*. Eduardo dejó a un lado su gran pila de sombreros, enderezó la espalda y llamó a la puerta. La mujer que le respondió a *Eduardo no era la más linda del mundo, no linda como Serena Del Río, pero era linda de una manera muy peculiar*. Eduardo se sorprendió, porque pensó que una bruja que vivía en una montaña sería una vieja bruja, no esta joven de rostro delicado, mejillas altas *y ojos claros*.

Eduardo parpadeó para regresar a la realidad y miró a la bruja directamente a sus ojos brillantes. Con su voz atronadora, dijo:

—¡Bruja! ¡Tú te robaste mi corazón! ¡Dame lo que me robaste!

La bruja miró a Eduardo con curiosidad. ¿Quién era este extraño que había llegado a su casa solitaria para acusarla de robarle el corazón? Miró al apuesto vendedor, de quien se dio cuenta de que habría sido aún más atractivo si no hubiera pasado varios días luchando por la montaña, y respondió:

—Yo no le robé su corazón, pero lo tomaré si me lo da.

Con eso, la bruja recorrió su pequeña granja para hacer su trabajo diario. Ordeñó las cabras, alimentó y cepilló las alpacas, cavó en busca de papas y plantó más. Eduardo miró, confundido. ¿Qué quería decir con que le quitaría el corazón si se lo daba? Se acomodó para quedarse por un tiempo, esperando que tal vez ella dejara caer accidentalmente su corazón en alguna parte y él pudiera recuperarlo. Construyó un pequeño refugio con sus *sombreros* y la observó mientras ella trabajaba alrededor de su *casita.*

Esa noche, ella dejó su *casita* y se acercó al refugio de Eduardo con *un vaso de té.* Lo había visto allí afuera en el frío y se compadeció de él. A la luz de la luna, se veía aún más hermosa. Su piel parecía brillar y su cabello oscuro se desvanecía en el cielo estrellado como si estuviera hecho *del cielo.* Eduardo sintió que algo se agitaba en su pecho.

Pero eso no es amor.

Era atracción. Eduardo había sentido eso por muchas mujeres hermosas, pero sabía que era un sentimiento fugaz. Un sentimiento fácilmente reemplazado *por una nueva cara linda.* Esta bruja miró el pequeño montaje de Eduardo y lo invitó a su fuego para té *y sopa.* Al oír esto, Eduardo sintió que algo más se agitaba en su pecho.

Pero eso no es amor.

Eso era bondad. La bondad era algo que había dado y recibido en sus muchos viajes por el valle. Siempre estaba agradecido. Una parte de él todavía temía que esto fuera una trampa de brujas, pero tenía tanto frío, hambre y cansancio que no podía decir que no. Comieron en silencio. La pequeña comida le llenó la barriga y durmió, tibio y silencioso, frente a su fuego. *Esa noche, Eduardo soño con su corazón y con una mujer de ojos claros.*

A la mañana siguiente, la bruja se despertó al amanecer y trabajó alrededor de su *casita*. Eduardo la observó moverse, admirando su gracia y extrema eficiencia. Notó lo inteligente que era ella, después de haber montado un dispositivo que recolectaba huevos y otro que atrapaba pequeñas criaturas. De nuevo sintió esa pequeña agitación en su pecho.

Pero eso no es amor.

Eso era admiración. Eduardo conocía ese sentimiento, de ver algo cumplido o hecho a lo que esperabas aspirar. Al ver cómo la bruja se movía en el ambiente difícil con tanta facilidad, ideando formas de sobrevivir, Eduardo quedó impresionado.

Pensó que, dado que él estaba allí, y ella compartía con él sus comidas apenas escasas, él debería ayudarla. Él peinó y esquiló sus alpacas para ella. Como hombre que conocía las telas de su oficio, nunca había visto un pelaje tan fino y suave. Él le acercó el pelaje y la observó mientras ella le daba forma de lana, sus manos y dedos moviendo *la lana con una destreza que solo una bruja pudiese tener.*

Él le preguntó si su habilidad se debía a su brujería y ella solo se rió. La calidez de su risa hizo que algo se agitara en el pecho de Eduardo.

Pero eso no es amor.

Eso solo era camaradería. Le gustaba oírla reír y anhelaba hacerla reír de nuevo. Cuando terminó, explicó que *no, ella no era una bruja. Y que los campesinos de alrededor no concebían como a una mujer le gustaba vivir sola y por eso la llamaban "Bruja".*

—Bueno, no voy a llamarte "bruja" entonces. ¿Cómo te llamas? —preguntó Eduardo.

*—Me llamo Marta—*dijo ella, *con una sonrisa.*

Paso el año y Eduardo y Marta ya no vivían separados. Él se mudó a su *casita* y vivieron juntos en esa montaña. Eduardo incorporó la lana de Marta a los sombreros que vendía. Sonreía más que antes, pero ya no tenía ojos errantes para las doncellas de los diferentes pueblos. Después de cada viaje al valle para vender *sombreros,* Eduardo se veía ansioso por volver con Marta. A menudo, cuando estaba cerca de ella, sentía esa pequeña agitación en el pecho. A veces ella lo miraba y él sabía que ella también lo sentía. Siempre se sintieron mejor juntos.

Pasaron los años y Eduardo ya no era el joven y apuesto caballero que antes había escalado con determinación esa montaña. Tenía la espalda encorvada por llevar *sus sombreros y su pelo estaba gris. La cara de Marta estaba arrugada, su cabello lucía como el color del cielo por la noche y con una nubesita blanca.* Sin embargo, a pesar de ser viejos y frágiles, sus corazones todavía revoloteaban entre sí.

Porque eso sí es amor.

El amor no era un sentimiento singular para Eduardo y Marta, era la combinación de todos esos maravillosos sentimientos que tenían el uno por el otro. Era la cercanía y la necesidad de unión y compañerismo lo que no flaqueó, sino que creció con la edad.

Y ellos vivieron felices para siempre.

MUTATIO

EL REY DEL PANTANO

Una vez había una casa vieja y destartalada entre un gran campo de naranjos y un antiguo pantano escondido. Era una pequeña cabaña encaramada sobre pilares para dar cuenta de las veces que se desbordaba el río cercano. Siempre parecía un poco inestable. Si llegaba una fuerte tormenta, las paredes crujirían y la casa se balancearía de un lado a otro. La gente que vivía adentro podía vivir y morir por la fuerza de la tormenta, siempre temiendo que una fuerte los derribara.[1]

Esta cabaña se encontraba junto al campo de naranjos, por lo que cuando el viento soplaba hacia el oeste, el aire olía a cítricos frescos y dulces. Pero cuando el viento soplaba hacia el este, llegaba la brisa caliente cargada de musgo del aire húmedo indómito y la descomposición. El pantano tenía una reputación feroz para las personas que vivían cerca de él. Estaba lleno de serpientes venenosas, caimanes y depredadores de todo tipo. Si llegaba la lluvia, no había seguridad de las aguas trepadoras. Más de un cazador había desaparecido en ese pantano en busca de presas, y los grupos de búsqueda a menudo tenían demasiado miedo para buscar dentro. Decían que en ese pantano había un rey maldito, que reinaba sobre la naturaleza y mantenía a la gente a raya. Se decía que este Rey del Pantano comerciaba con la temible y rebelde magia que era endémica del pantano.

En esa pequeña cabaña podrida vivían Silvia y su padrastro. Si bien la mayoría de los padres aman a sus hijas y la mayoría de las hijas también los aman, Silvia y su padrastro no tenían ese afecto. El padre de Silvia era tan cruel con ella como lo había sido con su madre cuando estaba viva. Cuando la madre de Silvia se atrevió a intentar irse, prometiéndole a Silvia que volvería con ella, un hechizo misterioso la congeló a un kilómetro de la cabaña. En sus peores pesadillas, Silvia aún recordaba el rostro horrorizado de su madre detrás de ese extraño bloque de hielo que se negaba a derretirse con el calor del verano. Silvia también quería escapar desesperadamente, pero temía que también se congelara, o algo peor. Ese miedo la mantuvo prisionera de su padrastro, asustada de las bestias y la magia salvaje que la acechaba.

Así fue hasta el día en que el miedo a lo desconocido más allá de la cabaña ya no fue suficiente para mantenerla encadenada a la mirada persistente de su padrastro. En los años transcurridos desde la muerte de su madre, Silvia se había convertido en una hermosa joven. Tenía extremidades largas y delicadas como las raíces de un manglar y labios tan rojos como el collar de una serpiente escarlata. Su cabello oscuro se arrastraba detrás de ella como las ramas de un sauce mientras barría y limpiaba. Silvia tenía la costumbre de escabullirse y trepar a los naranjos como una araña para atiborrarse de la dulce fruta fresca. Un día, con el jugo de la fruta en la barbilla, mientras el viento soplaba hacia el este, el padrastro de Silvia la agarró de la muñeca, la miró a los ojos y le dijo:

—Sabes, te pareces mucho a tu madre cuando nos conocimos.

Esa noche, durante la gran luna llena que colgaba, Silvia decidió que necesitaba irse. A pesar de la abrumadora amenaza de maldiciones rebeldes o criaturas temibles, salió de la cabaña y contempló las tierras ensombrecidas. Si se dirigía al este hacia el huerto de naranjos, fácilmente podría terminar atrapada por su malvado padrastro. En el oeste, los pinos iluminados por la luna del pantano le llamaban la atención. Esas ramas parecían llamarla mientras se balanceaban en la cálida noche.

Silvia se internó en ese vasto pantano, menos asustada de las criaturas venenosas que de la sombra de su padrastro. Caminó por kilómetros, evitando serpientes y peligrosas trampas. Cada pocos pasos escuchaba un ruido nuevo y más aterrador, como el ulular persistente de un búho o el llamado de un buitre. Enredaderas colgaban de las hamacas, aparentemente arañándola en la oscuridad. Vadeó en las aguas poco profundas, las juncias cortando su piel bronceada, haciendo un millón de pequeñas incisiones. Picada por los mosquitos y exhausta, se detuvo a la luz de la mañana en la cuna de un ciprés y, acurrucada allí, se quedó dormida a intervalos.

Cuando se despertó fue con un sonido bajo como el de una rana toro. Pero no era un anfibio inofensivo. En cambio, mirándola desde unos pocos metros a través del agua, estaba el cocodrilo más grande que Silvia había visto en su vida. Miró a su alrededor mientras la criatura nadaba cada vez más cerca, las ondulaciones de su cola enviaban ondas a la orilla del pequeño lago. Silvia quería levantarse, quería correr pero algo en la mirada de ese cocodrilo la mantenía fija en su lugar. Las rodillas del ciprés, que anoche la envolvieron en un reconfortante abrazo, se habían convertido en prisión. El cocodrilo se dirigió a la orilla y trepó hasta el rincón donde Silvia se encogió. Abrió su enorme mandíbula, mandíbula que podía tragar a Silvia entera y dijo...

—¿Qué estás haciendo en mi reino, niña? —La voz del cocodrilo era un graznido profundo.

—Me estaba escapando de mi padrastro, que quiere que yo ocupe el lugar de mi madre —respondió Silvia, arrepintiéndose de repente de su decisión de correr.

—Y entonces corriste al pantano, donde mis súbditos pueden devorarte y usar tus huesos como palillos de dientes. —Cuando el cocodrilo cerró sus fauces, pudo ver que tenía ojos de aspecto humano, iris azules rodeados de córneas blancas lechosas, y que a lo largo de la parte superior de su cabeza había protuberancias irregulares de tejido cicatricial que parecían una corona rugosa. Había creído que la historia del Rey del Pantano era una fantasía, pero ahora estaba allí, cara a cara con esa misma leyenda.

—No tenía ningún otro lugar adonde ir. ¿Me vas a comer?

—Has entrado en mi casa durante la luna llena, sin ser invitada. Nuestras leyes dicen claramente que eres presa fácil. Qué suerte para ti que soy un rey amable y acabo de comer.

Solo entonces su invitada no invitada se dio cuenta de que varias plumas de anhinga estaban clavadas en los dientes del caimán.

—Gracias, alteza —dijo Silvia, esforzándose por salir de un aturdimiento momentáneo—. ¿Cómo devuelvo esta bondad?

—¿Una humana desea concederme un favor entonces?

—Sí —dijo ella, sin saber qué podía hacer exactamente por el rey.

—¿Cuál es tu deseo más profundo?

Silvia ni siquiera necesitaba pensar.

—Quiero que mi padre se vaya.

El cocodrilo pensó en silencio por un momento. Golpeó su cola una, dos, tres veces y dos pequeños ibis vinieron a piar en su oído. Los ibis se inclinaron ante el Rey del Pantano y se fueron volando. Pensó un momento más, leyendo algo invisible en Silvia y dijo:

—Puedo darte mi piel para que la uses, para destruir a tu padre, si me concedes un favor.

Silvia se tomó un segundo para considerar la propuesta del Rey del Pantano. Quería liberarse de su padrastro, pero desconfiaba del tipo de trato que ofrecería un temible Rey del Pantano. Al final, nada parecía peor que la posibilidad de ser atrapada y arrastrada a casa con ese hombre malvado.

—¿Cuál es el favor?

—Eso sucederá después de que te dé mi parte del trato.

Silvia se arriesgó asintiendo con la cabeza.

El Rey del Pantano dejó escapar un rugido que sacudió el suelo y se despojó de su piel. La piel del Rey del Pantano se convirtió en un gran pelaje manchado de color marrón y verdoso. En su lugar había un anciano, con una barba blanca que caía al suelo, y las rodillas huesudas le temblaban al ponerse de pie. Tenía una corona antigua y oxidada sobre su cabeza y se sentó en el meollo del ciprés después de entregar su piel. El Rey del Pantano la miró y dijo:

—Para usar mi piel, debes ponértela después de que salga la luna. Y debes volver a mí antes de que llegue la luz. Si no regresas a tiempo, el pantano dará a conocer su disgusto.

Silvia asintió, dio media vuelta y se dirigió hacia el este hasta la cabaña. Era el atardecer cuando llegó a su casa. Su padre no estaba a la vista, así que se escondió detrás de un naranjo maduro y esperó. Cuando finalmente se puso el sol y la gran luna trepó por las copas de los árboles, Silvia se echó el abrigo al hombro. Por un momento no pareció pasar nada, pero al siguiente Silvia sintió un gran cosquilleo por todo el cuerpo. Se miró las manos para ver que ya no las tenía, sino garras de aspecto letal.

Entró en la cabaña y la encontró vacía. Sus pasos masivos

hicieron crujir los pilares de la cabaña bajo la presión. Al mirarse en un espejo, no vio el cocodrilo que esperaba, sino algo espantoso en el medio. Tenía la piel, las fauces y la cola de un caimán, pero la estatura de un gran oso negro y las garras de una pantera. Silvia se había convertido en un monstruo grandioso y poderoso y ya no temía ver a su padrastro.

El padrastro de Silvia llegó a casa mucho después de la medianoche. En la oscuridad, Silvia pudo ver la forma de él a la luz de la luna. Parecía más pequeño de lo que recordaba, y por un momento casi sintió lástima. Pero recordó cómo la había arrastrado, gritando, suplicando y llorando, del cadáver congelado de su madre.

Ella balanceó su enorme cola, golpeando al libertino directamente en el estómago y derribándolo antes de que sus ojos se hubieran adaptado siquiera a la oscuridad. Gritó y trató de golpear a la bestia Silvia con el puño, pero ella fue demasiado rápida y le cortó la mano con un solo golpe de garra. Vio el miedo en sus ojos, y la bestia en ella sonrió con la sonrisa de un cocodrilo. Silvia no perdió el tiempo mordiéndolo por la mitad y destrozándolo. Arrastró lo que quedaba de su cuerpo hasta el campo de naranjos y lo enterró debajo de un árbol en barbecho.

Pero el cielo estaba aclarando y Silvia recordó su promesa al Rey del Pantano. Corrió, temiendo llegar demasiado tarde. A medida que su corazón se aceleraba, se apoderó de ella una sensación de increíble ligereza, y poco a poco se dio cuenta de que ya no corría, sino que volaba. El abrigo del Rey del Pantano la había convertido en una garza real y llegó al Rey momentos antes del amanecer.

Dudó antes de quitarse y devolver el abrigo, deseando quedárselo. Nunca había sentido tanto poder o seguridad como en el disfraz. Le permitió ser lo que necesitaba ser, lo que quería ser. El Rey del Pantano tomó el abrigo de plumas en su mano torcida y miró a Silvia.

—¿Estás lista para hacer tu parte del trato?

Ella miró al anciano, cuyas extremidades se retorcían y crujían, y asintió.

—Debes romper este hechizo que me mantiene aquí. He sido el gobernante de este pantano durante trescientos años, y ahora estoy viejo y cansado y ya no deseo ser rey. Espero descansar aquí para siempre. Pero debes aceptar esa carga y ese poder de buena gana.

Silvia miró a este anciano frágil, cuya carne estaba curtida por la edad. Pensó en cómo nunca volvería a ver a otra persona, atada para siempre a un pantano. Pero también recordó la libertad que sintió al volar y el poder que había sentido en su monstruosa forma. Su decisión fue clara. Silvia le tendió la mano y el viejo rey le entregó su corona. En sus manos, se convirtió en una corona de orquídeas. Con eso, Silvia se convirtió en la Reina del Pantano.

Con el tiempo, esa pequeña cabaña junto al campo de naranjos fue invadida por la hiedra y desapareció en la naturaleza que la rodeaba. Ahora el pantano tiene una nueva reputación. Cuando el viento sopla hacia el este, lleva consigo aromas de magnolia y jazmín. Dicen que la Reina del Pantano es amada y respetada por todas las criaturas del pantano, desde el mosquito más pequeño hasta el ave espátula y la pantera. Incluso los humanos cercanos ven ese pantano de manera diferente. Dicen que los puros de corazón, si son valientes, pueden cruzar el pantano en paz. Si están en problemas, incluso pueden pedirle un favor a la Reina del Pantano. Pero los villanos que traspasan las fronteras pueden encontrarse entre las fauces de un caimán.

CAMBIO

El día que se confirmó, siete años antes, la madre de Flor, Ilda, sonrió y aplaudió. Esa noche, Ilda había llorado hasta quedarse dormida. Pocas familias tenían el honor de tener siquiera un recipiente en el linaje, pero el linaje de Flor había sido bendecido con otros dos. Era algo que Ilda había celebrado en su ascendencia hasta que llegó el momento de reconocer a su hija como uno. Todas las historias de sus antepasados, especialmente las auspiciosas, desaparecieron cuando la marca se reveló en la parte baja de la espalda de Flor.

Así era como las madres de recipientes del pasado se habían enfrentado a menudo a este obstáculo. Lo celebraban en público y lloraban en privado. Ilda, por mucho que se esforzó, no pudo ocultar su dolor de Flor. Esto puso nerviosa a Flor, que debería haber pasado sus últimos años como mortal celebrando su vida, en cambio, había terminado dividida entre el dolor de su madre y el suyo. Flor podía *sentirla*, debajo, aguardando su momento, esperando ser liberada. Se rascó distraídamente, en la piel que sujetaba al ser. Quería encontrarse con ella, conocerla, destruir a la diosa que había dentro. Pero temía perderse a sí misma, sin mencionar la ceremonia de liberación en sí.

En el tiempo anterior habían existido los Jel, que vivían en el Valle de los Siete Ríos, y adoraban a muchos dioses. Los Jel no vivían pacíficamente ni turbulentamente, vivían vidas más bien ordinarias. Luego vinieron los Hickt, que habían deseado mucho. Habían querido tierra, poder, dolor, riquezas. Los Hickt trajeron consigo algunas otras naciones: los Sligyl, los Fatori y los Entune. Subyugaron a los Jel y establecieron una jerarquía compleja. Intentaron eliminar a los viejos dioses y dar a luz a los nuevos. Poco sabían que los dioses hablarían entre ellos y que llegarían a un acuerdo.

Con el paso del tiempo, esas jerarquías se fueron degradando. Los Jel, Hickt, Sligyl, Fatori y Entune se fusionaron, ayudados por una diosa que aparecía cada cien años. Las diosas eran de muchas culturas diferentes, cada una habitaba el cuerpo de una chica hasta que pudiera ser liberada para reinar. Algunos años era una diosa con inclinación por la fertilidad, y los terneros crecían, las cosechas florecían y la población se disparaba. Otros años sería una diosa que disfrutaba del conflicto, y habría sangre y caos. A veces era una diosa a la que le gustaban las artes, y la que marcaría el comienzo de una era de iluminación e innovación. Había muchas diosas arriba y en el medio.

Los Melyn, o "Gente Libre", como se llamaban a sí mismos, nacidos de historias sangrientas y complejas, se acercaron a una sociedad pacífica. Por esto alababan a las diosas que venían, incluso a las turbulentas. Las diosas marcaban a sus huéspedes con un rastro plateado de puntos a lo largo de la espalda. Necesitaban ser conocidas antes de salir disparadas de los cuerpos de sus recipientes.

Flor no sintió nada cuando aparecieron las primeras

marcas. Había estado nadando con amigos en un arroyo escondido entre los árboles. Mientras salía del agua, una amiga gritó.

Lo que los Melyn no se dieron cuenta fue que la benevolencia es una característica fija. Algunas diosas eran amables porque estaba en su naturaleza ser amables. Otras eran crueles por designio. Una vez que una diosa había elegido un recipiente, no había ningún tipo de adulación que pudiera modificarlo. Si llegaran a ser amables, serían amables. Si llegaran a ser crueles, esa sería la naturaleza de las cosas.

Flor pasó gran parte de su juventud en un escepticismo silencioso. No creía que dentro hubiera una diosa, incubando hasta el momento de presentarse. Fue unos meses antes de su decimoséptimo cumpleaños, antes de la ceremonia que la liberaría, cuando finalmente comenzó a sentirlo. El primer signo fue sutil: una sensación de ardor y hormigueo en las manos que podría haber excusado fácilmente como otra cosa. Luego vinieron espasmos de dolor, que se extendían desde el ombligo hasta la ingle, un dolor agudo, esporádico, que se hacía más agudo con el paso del tiempo.

Una noche, le ardían los ojos como si tuviera fiebre, pero no tenía fiebre. Se despertó a la mañana siguiente con ojos nuevos: ojos, se dio cuenta, que le permitían ver cosas que otros no podían ver. Al principio, pensó que esas visiones eran trucos de la luz. Sombras extrañas creadas por ramas en movimiento o las alas de un insecto que se había alejado demasiado rápido para ver. A medida que pasaban los días y las imágenes se aclaraban y tomaban forma, fue testigo de lo que parecía ser su abuela caminando por su casa. La imagen podría haber sido sólida, los dedos largos y elegantes de la mujer llevando un plato de sopa a un niño pequeño. Flor nunca había conocido a su abuela, que había fallecido años antes de su nacimiento. Solo había visto a esta mujer en imágenes, y esta imagen frente a ella era más joven que eso. Fue entonces cuando Flor se dio cuenta de que podía ver el pasado.

A medida que avanzaban los días, veía más imágenes; de edificios sólidos al tacto en desorden; de personas con rostros extraños y tecnología tremendamente desconocida; imágenes de rostros mayores impuestas a las personas vivas que estaban físicamente allí antes que ella. Fue entonces cuando Flor se dio cuenta de que también estaba viendo el futuro, y que estaba viendo el pasado, el presente y el futuro, todos superpuestos y representados ante sus extraños ojos nuevos.

Finalmente llegó la voz. Una noche, solo unas lunas antes de la ceremonia, mientras Flor yacía acurrucada en su cama, con la cabeza dolorida por todos los estímulos con los que había sido bombardeada, la escuchó apenas como un susurro.

—Skilarus —dijo.

Flor nunca había escuchado esa palabra antes, pero sabía de qué se trataba. Era el idioma de los dioses. Otros elegidos lo habían mencionado en sus diarios y escritos, pero ninguno pudo describirlo o traducirlo. Eso no importaba. Flor lo sabía con tanta seguridad como sabía reír o llorar. Era natural, ella era parte de eso. Y sabía que podía entenderlo. Podía hablarle a la voz si era necesario.

Skilarus, fue un simple saludo. Significaba: "Estoy aquí".

Dos noches después, Flor probó las aguas, acurrucada en su cama.

—[¿Hola?] —dijo ella, en una lengua que era extraña pero cercana a respirar.

—Skilarus. [Estamos juntos. Es bueno estar casi completo] —dijo.

—[¿Estamos? ¿Hay más de ustedes?] —respondió Flor

—[No. Solo tú y yo. Pronto no estaremos separados. Volveremos a ser uno como antes].

—[¿Qué quieres decir?] —Flor se hundió más en sus mantas.

—[Tú y yo somos lo mismo. Estamos incompletos hasta que nos unimos. Hasta que seamos *uno*.] —La voz se detuvo y Flor supo que estaba evaluando algo sobre sí mismo—. [¿Tenemos dolor?]

—[A veces. Los dolores de cabeza son los peores, pero están mejorando. ¿Por qué te importa?]

— [No hay "tú y yo", sólo nosotros. Sólo un yo incompleto.] —Otra pausa. La voz estaba midiendo algo en sí mismo. Flor podía sentirlo—. [Tengo dolor.] —Se detuvo de nuevo—. [He estado sufriendo durante años. Desde que me metí en este recipiente].

Flor podía sentirlo, el dolor, el anhelo. Podía sentir las partes en carne viva, sangrantes y faltantes de sí misma en otra parte. Llamándola. Suplicándole que se una a ellos. Cerró los ojos y respiró hondo, un aliento que no era suyo. Sabía a algo: terroso, ahumado.

—[¿Quién eres tú?]

—[Nosotros. Somos el advenimiento de las cosas. Somos la promesa de lo nuevo].

Flor no habló con la voz en público por la misma razón por la que no habló de su dolor. Su posición como la próxima diosa era demasiado importante para verse atrapada en asuntos humanos. En cambio, su estudio de lo que estaba por venir se hizo más constante cuanto más se acercaba el fatídico momento. Flor se sumergió en los estudios de diosas pasadas y sus recipientes, escabulléndose a todas horas para leer esas historias.

En todas las ceremonias, en todos los textos, en cada frase suavemente pronunciada, sabía por qué las personas en su vida se apartaban de ella. Era mejor no decir algo, que para que la diosa viviera, ella moriría. A pesar de las garantías que la voz le susurraba todas las noches, de unirse, de reunirse, Flor se mantuvo escéptica.

Flor no pudo escapar de su destino, pero pasó mucho tiempo pensando en hacer eso de todos modos. Si corría y no hacía la ceremonia, esta diosa abriéndose camino a través de su cuerpo la mataría. También sería un recuerdo vergonzoso para su madre y su gente. Si hacía la ceremonia seguramente moriría. Mientras contemplaba el final de su propia mortalidad, Flor también se encontró apartándose de todos. O, bueno, o al menos lo intentó.

Ilda no trató a su hija como la diosa en la que se convertiría. La trataba como a la niña que todavía creía que era tanto como fuera posible. Ella la reprendía, la abrazaba, la mandaba alrededor de su humilde hogar. Ilda sostuvo a su hija todo el tiempo que podía.

Una noche, Ilda se coló en las habitaciones de su hija mucho después de haberse quedado dormida. Dejó una silla junto a la cama de Flor, se sentó en silencio y se quedó mirando a la joven dormida de casi diecisiete años. Flor tenía una uña mordida en el pulgar, evidencia reveladora de un hábito del que parecía no poder deshacerse, diosa dentro o no. Cuando Flor dormía profundamente, a Ilda le recordaba cuando su hija era una niña pequeña y se quedaba dormida en sus brazos en medio de una reunión familiar. Podría haber ruido por todas partes, pero una pequeña Flor encontraba la paz en los brazos de su madre.

Ilda cantó en voz baja para ella y su hija, acariciando el cabello de Flor. Era una canción de cuna que los Melyn les cantaban a sus nuevos bebés. La canción provenía de un poema de los Jel que había sido traducido y musicalizado por los Hickt. Las madres a menudo se lo cantaban a sus hijos en las muchas lenguas de su pueblo.

"Deja que el bebé escuche dulces canciones,
En la noche fresca y oscura,
Por mi amor por ti, niña,
Podría cegar las estrellas en el cielo".

En medio de su canción, los ojos de Flor se abrieron. Pero los ojos que la atravesaban no eran los de su hija. Ilda hizo una pausa. También conocía esos ojos.

Flor, pero no Flor, se incorporó y miró a Ilda directamente a los ojos.

—Gracias —dijo con un acento más antiguo que la piedra bajo sus pies—. Gracias por haber cumplido con tu parte del trato.

Ilda apartó la mirada hacia un rincón donde Flor, todavía una joven mortal, había dejado sus vestimentas amontonadas.

—¿Tienes que quitármela? ¿De verdad? ¿No puedes simplemente dejarla como estaba?

—Somos lo que siempre fuimos. Tú lo sabías. —El ser dentro de Flor se frotó los hombros, quitando un escalofrío—. Ella estará aquí, porque yo estoy aquí. Ella soy yo, mi espíritu hecho carne. Este fue el trato que hicimos.

—Pensé... pensé que sería diferente. Estaba desesperada y no sabía lo que estaba haciendo cuando hice ese trato.

Flor, pero no Flor, se picó la uña mordida. Metió una rodilla debajo de ella y miró a Ilda.

—La última vez que nos vimos, la niña en tu vientre había dejado de vivir. Rogaste que uno de los míos la salvara. Yo te entregué a mí misma y solo te pedí que me criaras como tu hija.

—Recuerdo el sueño. No sabía... No sabía lo que estaba haciendo. Mi esposo estaba enfermo y no sabía si podríamos hacer otro. Este era mi cuarto hijo, no podría soportarlo si... si... yo... pensé que estaría bien. Pero perderla... yo... —Ilda tosió y jadeó.

—Siempre ha sido así entre los de nuestra especie. Que malinterpretes nuestra naturaleza es típico. Flor no es solo tu hija. Ella soy yo, el yo que necesitaba aprender de tu gente. Ella es la porción que hice y arranqué de mí. Ahora estaré completa y seré capaz de caminar entre ustedes.

—Pero, ¿por qué? ¿Por qué yo? —Ilda realmente quería decir "ella".

—Porque las estrellas se alinearon para nosotros ese día. Porque yo necesitaba una madre. Porque tú lo pediste. —La Flor que no era Flor miró a Ilda directamente a los ojos, encontrándose con una mirada que había visto todos los días durante los últimos diecisiete años. Ilda sintió su dolor.

—Si te sirve de ayuda, debes saber que nuestro dolor en la unión no dura. —La Flor, que no era Flor, se colocó un mechón de cabello detrás de la oreja.

Ilda se secó los ojos con las palmas. Tragó saliva y suspiró un poco más.

La Flor que no era Flor inhaló y se secó los ojos.

—¿Mamá? —dijo, en una voz más baja que antes—. ¿Puedes abrazarme un rato y cantarme como solías hacerlo?

Ilda tuvo que reír un poco y se secó los ojos, tragándose el dolor una vez más. Se trasladó a la cama, sostuvo a su hija atada con una diosa y le acarició el cabello. Continuó su canción.

"Deja que el bebé duerma profundamente,
Cuando canta el pájaro nocturno,
Que mi amor por ti, niña,
Podría derretir cualquier cosa".

En tiempos pasados, los días previos a la ceremonia significaban una serie de fiestas, celebraciones, ceremonias y procesiones. Flor optó por una pequeña celebración ceremonial y una procesión, lo mínimo. En tiempos pasados, la gente observaba el recipiente de la chica para tener una idea de qué tipo de diosa pronto estaría entre ellos. Harían predicciones basadas en qué tipo de ceremonias elegirían y otros factores. Observarían a las chicas con ojos penetrantes por sus modales, lenguaje y elección de ropa.

Flor no reveló nada. Para frustración de todos, aceleró el proceso de desapego que había comenzado cuando se confirmaron sus marcas de Diosa. Cortó sus relaciones con sus seres queridos y sus amigos de mil maneras. Flor también intentó separarse cada vez más de su madre. Ilda le dio espacio pero se negó a que la descartara.

Para pasar el tiempo lejos de otras personas, Flor se subía a una ladera y se sentaba sola mirando su ciudad a través de ojos que veían converger el paso del tiempo. Pero ella nunca estuvo realmente sola, no con la voz cada vez más agitada a medida que los días se acercaban a su "reunificación", como la llamaba. A veces resultaba reconfortante; no nervioso y emocionante. Otras veces era impaciente. Pero logró al menos un aspecto de coherencia, en el sentido de que firmemente no reveló nada en cuanto a su naturaleza.

Flor se encontró arremetiendo contra la voz por esta razón. Estaba melancólica por su muerte inminente y también ansiosa por lo que supondría. ¿Y cómo podría siquiera saber en qué se convertiría sin ninguna pista sobre la verdadera naturaleza de la diosa interior? Sería un murmullo sobre la llegada del tiempo, o cómo los de su especie no asignaban los mismos marcadores que los humanos. Explicó que no había diosas de las cosas, de las guerras, del amor o del arte. Simplemente eran.

Tres días antes de la ceremonia, mientras Flor se encontraba inmersa en una de esas discusiones frustrantes, inquisitivas y evasivas, Ilda llegó a la ladera. Se sentó en silencio junto a su hija. Flor miró a esta mujer que la había dado a luz y la había criado, y a quien estaba tratando de convertir en una extraña, y la evaluó. Vio a la Ilda del pasado, joven, delgada y sin gracia; la Ilda que siguió, una madre joven, mucho más segura de sí misma; y luego hacia el presente y el futuro, en los cuales Ilda se veía como una mujer de luto, con los rasgos de Jel tensos y alargados ante la ausencia de su familia.

Ilda sonrió y acarició el cabello de Flor.

—Necesito hablar con mi hija, si no te importa.

Flor pudo sentir que la voz se retiraba, se alejaba y se silenciaba por primera vez en la memoria.

—Pero, ¿cómo hiciste...?

—Antes de que empieces, necesito decirte algo. Necesito decirte esto antes de que se infecte en mi corazón y me mate lentamente. —Ilda miró hacia la ciudad. Bajo esta luz, dorada a última hora del mediodía, la piel morena de Ilda imitaba la puesta de sol. Ella continuó—: Hice un acuerdo, un trato, hace mucho tiempo y es por eso que eres como eres. Cuando era más joven, el mundo parecía lleno de posibilidades, pero cuando crecí y me casé, esas posibilidades se secaron. Yo amaba a tu padre, más de lo que el río ama correr, más de lo que sabía que podía amar.

Flor recordó las imágenes de su padre alrededor de su casa, las visiones recientes que había visto con sus nuevos ojos. Compartían nariz y ojos que tenían párpados más finos. Él había muerto cuando ella aún era una bebé y, por lo tanto, Flor era demasiado joven para conocer algo de él. Sabía historias sobre él, y para ella parecía una figura mítica, un fantasma en su hogar, medido por la ausencia de presencia.

—Pero en esos días, no tenía riquezas reales —dijo Ilda—. Mis padres lo usaron todo en los tiempos difíciles. Unos años antes de tu nacimiento, una enfermedad llegó a la ciudad.

Flor recordó haber oído hablar de la enfermedad del sol, como la llamaban. La enfermedad hacía que las personas se agotaran cuando salían durante el día. Algunos se recuperaron, pero muchos otros fallecieron. Otros estuvieron enfermos durante largos períodos de tiempo, arrastrándose hacia una muerte gradual.

—Tu padre y yo teníamos la enfermedad y, como ninguno de los dos podía trabajar en el campo, se fue a la ciudad y trabajó el doble de duro para mantenernos. Yo eventualmente me recuperé, pero él nunca lo hizo realmente. Tu padre podía hacer poco y sabía que lo perdería antes de lo que me importaba. Quería mantener viva una parte de él. Quería, necesitaba, tener una parte de él conmigo. Nos esforzamos mucho por tener un hijo mientras tu padre se debilitaba.

»Hubo tres antes que tú. Dos fueron abortos espontáneos. Otro fue un parto muerto. Quedé embarazada de ti, pero para entonces tu padre apenas podía caminar por sí mismo. Le recé a todas las diosas que alguna vez existieron. Una noche, cuando tú no estabas pateando, me fui a dormir y tuve un sueño.

»En ese sueño te conocí. O a la diosa que eras, la que ahora está dentro de ti. Y me ofreció un trato: que podría dejarla salvar a la niña dentro, que sería elegida y yo ya no sentiría el dolor de esta enfermedad. Porque ya ves, paloma mía, tu silencio había sido señal de que tu corazón había dejado de latir.

»Lo sabía, sabía lo que significaba. —Ilda hizo una pausa para mirar sus manos, recordando las manos que temblaron en ese trato—. Sabía que te estaría sacrificando por todos los demás en diecisiete años. Sabía que tendrías que pasar por la ceremonia o ser consumida por ella. Pero yo estaba en un sueño y no estaba segura de qué era real y tu padre se estaba muriendo y yo no podía soportar tener otro niño muerto en mis brazos. En mi egoísmo, acepté.

Ilda respiró hondo, haciendo que las lágrimas hicieran una pausa en su descenso por su rostro. Flor apartó la mirada. Estaba enojada de que tuviera que pasar por todo esto por la desesperación de su madre. En la ciudad, una niña comía un dulce sentada en un rincón. Podía ver a esa niña como era entonces, y cómo sería de adulta, buscando una tienda que había cerrado. Se le ocurrió que si no hubiera sido su madre, habría sido otra persona desesperada.

La voz se animó.

—Necesitaba que alguien me dejara entrar. No podemos establecer el vínculo a menos que un huésped esté dispuesto. Esta fue mi primera vez, y nuestra madre, era dura pero amable. Yo quería tener una vida como esta. Necesitábamos esta vida y ella la dio.

Flor miró a su madre. Ella ganó mucho con su elección. La madre de una diosa recibe comida, refugio. El recipiente de una diosa recibe ropa fina y educación. Sin embargo, no pudieron evitar sufrir por la elección que había tomado. Flor podría hacer que ese sufrimiento fuera menor. Ella tomó a su madre en sus brazos. Se abrazaron en silencio.

El día antes de la ceremonia, la voz se quedó completamente silenciosa. Flor rechazó las últimas celebraciones y rituales. En cambio, comía comidas caseras y deambulaba por la ciudad. Su visión especial cedió por un día, aunque sólo fuera para darle unas últimas horas de normalidad. Su ciudad había cambiado incluso en su corta vida. Estaba el anfiteatro, que tuvo que ser ampliado para mayores multitudes. Los edificios más altos fueron posibles gracias a las cajas de transporte y las poleas que permitían a las personas moverse hacia arriba sin trepar. La pequeña escuela a la que había asistido cuando era niña ahora era una serie de tiendas con viviendas arriba. Todas las cosas deben renovarse o dejar de ser. Notar y documentar estos cambios en su mente fue un bálsamo para Flor. Su cambio era inminente.

En su última noche vio la puesta de sol con Ilda en la ladera. Observaron cómo su ciudad estaba envuelta en oro y naranjas, que se desvanecieron en un azul intenso y finalmente en negro moteado con el resplandor de las linternas. Flor mantuvo los ojos abiertos todo el tiempo, a pesar de las lágrimas. Quería dedicar cada momento a su recuerdo final.

La mañana de la ceremonia estuvo llena de un silencio desesperado. Flor caminó con su madre hasta la choza en la niebla de la madrugada. Flor sabía lo que iba a suceder desde que la confirmaron por primera vez. Había leído los pasajes sobre la ceremonia una y otra vez, cada uno lo describían con una intensa dedicación a los detalles médicos. Leer cada paso una y otra vez para prepararse, para endurecer sus nervios para su muerte inminente, pero ciertamente no endureció sus nervios. Todavía se estremeció cuando abrió la puerta de la choza.

Se suponía que la choza en sí transmitía humildad, pero cada década se había vuelto más grande y más fina a medida que las generaciones se veían obligadas a reconstruirla cuando la estructura de madera se pudría. En el interior, Flor se encontró con las cinco sacerdotisas que ayudarían en la transición. Ella conocía sus nombres y rostros a lo largo de los años, aunque todas obviamente se habían mantenido alejadas de ella. Habiendo sido entrenadas desde jóvenes para realizar este acto, no querían apegarse al becerro sacrificado.

Tres de las sacerdotisas eran punteras, una era una doncella del hogar y la mayor iba a ser la cortadora. La doncella del hogar comenzó su tarea, encendió el fuego y echó hierbas específicas para perfumar la choza. Los punteras desnudaron y bañaron a Flor, espolvoreándola con perfumes y aceites. Le trenzaron y cortaron el cabello, para dejarlo a un lado y que las generaciones futuras la veneraran en el templo. Le afeitaron la cabeza para una incisión más limpia.

La cortadora afiló y bendijo sus cuchillos en el altar. A todos los recipientes se les dio la opción de seleccionar o diseñar sus cuchillos. En la intimidad de sus templos, los sacerdotes y sacerdotisas especularían sobre lo que la elección indicaba sobre la diosa. La teoría predominante es que si fuera una diosa que regresa, el recipiente seleccionaría los mismos cuchillos que antes.

Flor había elegido un diseño de mango muy antiguo y muy simple y solo pidió que las hojas fueran reemplazadas por el material más nuevo y afilado. Los sacerdotes y sacerdotisas no sabían qué hacer con esta elección. Los cuchillos brillaban a la luz del fuego, reflejando las sombras que se movían a través de las paredes. Flor cerró los ojos.

Las punteras ataron sus cuerdas alrededor de sus extremidades y cintura. Se colocaron en los extremos opuestos de la cabaña y, gracias a la bendición de la cortadora, utilizaron una serie de poleas para izarla, con los brazos y las piernas extendidos, directamente sobre el fuego rugiente. El calor hizo que Flor sudara, gotas perfumadas que caían y se convertían en vapor debajo. Flor mantuvo los ojos cerrados, segura de que moriría antes de que acabara la parte más difícil.

La noche anterior, mientras Flor yacía en su cama tratando de no dormir, le había hecho a la voz una simple pregunta:

—¿Dolerá?

La voz había esperado, podía sentirla esperando. Finalmente respondió:

—Sí.

—¿Por qué? ¿Por qué hacemos esto? —Flor había llorado en su almohada.

—Hasta que ya no tengamos que hacerlo. —Era todo lo que decía la voz.

La doncella del hogar calentó los cuchillos mientras la cortadora subía unos pequeños escalones para inclinarse sobre el trasero de Flor. La doncella del hogar pasó un cuchillo hexagonal a la cortadora. La cortadora tomó este cuchillo y en la base de su columna, donde había aparecido por primera vez una marca de diosa como un punto solitario, lo perforó. Flor no gritó. Contuvo el aliento cuando el cuchillo se movió por encima de la columna. La cortadora se lo devolvió a la doncella del hogar para que lo recalentara. La doncella del hogar lo calentó de nuevo y se lo devolvió a la cortadora. Ella perforó la siguiente marca en la espalda de Flor. Hicieron esto una y otra vez, siendo cada perforación sucesiva más dolorosa que la anterior. Flor contuvo su vómito. La voz trató de pronunciar algunas palabras de aliento, pero Flor lo único que tuvo fue odio.

Cuando se hizo cada marca, la doncella del hogar tomó un cuchillo en forma de gancho y lo colocó en el fuego. Resplandeció de un rojo intenso cuando se lo entregó a la cortadora. Insertó la punta en el ombligo de Flor y presionando la punta fundida hacia atrás, cortó la piel, entre los labios de la vulva y hacia arriba a través de las nalgas. Flor gritó. Las punteras habían esperado esto y tensaron la cuerda. Fueron entrenadas para ver este dolor y cumplir con su deber. La agonía de Flor recorrió la cabaña. No contenía nada más que dolor e ira.

El último cuchillo era una cosa pequeña y en ángulo. Una vez más, la cortadora inició los cortes en la base de su espalda y se trasladó desde allí por la columna. En este punto, Flor no pudo decir nada, solo lloró para sí misma mientras las lágrimas desaparecían en las llamas de abajo. Trabajando desde su estómago, la cortadora tomó el cuchillo y lo llevó lentamente hacia arriba, partiendo la piel entre sus pechos y cuello. Terminó en su barbilla.

Hicieron una pausa para dejar que Flor llorara y dijera sus últimas maldiciones. La choza casi sin ventilación estaba llena de humo. Olía a hierbas y flores ardientes que la doncella del hogar alimentaba al fuego. Tenía que hacer que las llamas crecieran más y más. La llama más alta bailaba un poco más abajo de donde había estado el ombligo de Flor. El calor se elevó cauterizando los bordes abiertos de la piel.

La cortadora respiró hondo a través de su tela e inclinó la cabeza hacia Flor, juntando sus frentes durante unos segundos. Fue un gesto de simpatía, una súplica de perdón. Finalmente, en un momento que pareció arrastrarse desde la infancia de Flor hasta este presente angustiosamente real, la cortadora le pasó el cuchillo a la altura de la cara, por encima de la cabeza, y así se llevó la herida que rodeaba el cuerpo por completo a su extremo lejano en la base de su cuello.

Se produjo un destello y las punteras la soltaron. Lo que fue el cuerpo de Flor cayó al fuego. En el calor, lo último de su vestigio humano, su cuerpo, fue quemado. Las cinco sacerdotisas cayeron de rodillas. Surgiendo de las llamas había una diosa que se parecía a Flor, pero su cabello había crecido para envolverse alrededor de su cuerpo. Ella brillaba como una linterna encendida.

Cuando todo se volvió blanco, Flor llegó a saberlo todo. Ella conocía el pasado que era. Estaba allí el día que se hizo el trato con su madre. Estaba allí el día que Hickt conquistó a Jel. Estaba allí cuando una pequeña estrella brillante iluminó un planeta solitario.

Flor conocía el presente que era. En los bordes de las yemas de sus dedos podía sentir los pulsos de cada criatura viviente. Pudo ver a una niña perdiendo su juguete en la calle al otro lado de la ciudad. Podía sentir el último aliento de un hombre moribundo como si estuviera respirando sobre su piel.

Sabía el futuro que sería. Cada edificio derrumbado, cada hueso destrozado convertido en polvo. Cada amanecer por venir.

Por primera vez, Flor estaba completa. Completada por un dolor indescriptible y por un trato hecho en nombre de una niña muerta. Las llamas se elevaron a su alrededor, pero ella rechazó su capullo, salió de ellas y abandonó la choza. Las sacerdotisas fueron tras ella.

Ilda había estado rezando fuera de la choza, ya de luto por la pérdida de su hija. Cuando la diosa salió, quiso correr hacia ella y abrazarla. La cara era casi la misma. Flor le ofreció a su madre una breve mirada y un leve asentimiento y avanzó rápidamente hacia un sendero que conducía hacia una colina cercana. Las sacerdotisas siguieron de cerca sus pasos por detrás e Ilda las siguió.

La multitud que esperaba se mantuvo a distancia. Las diosas eran temperamentales; sin saber qué tipo de diosa era, acercarse podría ser un error fatal. A una distancia suficiente para verla en su totalidad, la diosa que había sido Flor se dio la vuelta y miró hacia la ciudad. Ella la vio como había sido. Vio lo que era la ciudad en ese momento. Vio la ciudad por lo que sería. Señaló con un dedo solitario la choza. De la punta de su dedo salió un rayo de fuego más fino que un hilo, que golpeó la choza con tal poder que iluminó todo el edificio en un momento.

Las sacerdotisas miraban aterrorizadas, era una prueba de que, por desgracia, ella era ciertamente una diosa destructiva. Ellas rezaron.

Ilda se acercó a la diosa que una vez había estado en su hija. Sintió que este era su sacrificio, haber traído a esta criatura al mundo. Esta criatura a la que no podía dejar de amar por terrible que resultara. La miró a los ojos y preguntó:

—¿Quién eres?

Una sonrisa se dibujó en el rostro que se parecía al de Flor. La diosa volvió a mirar la cabaña en llamas y sólo dijo:

—Soy el Cambio, Madre. Estoy aquí. Soy la Última.

UNA PROMESA

La pantalla del rastreador decía que solo sería cuestión de horas. Tres horas y cuatro segundos, para ser exactos. Ahora tres. Ilacti se puso tensa ante la posibilidad. Había comenzado a tomar las píldoras hace días en secuencia, según las instrucciones, para comenzar el proceso. Fue fácil: cada pastilla y jeringa habían sido colocadas y perfectamente marcadas en paquetes codificados por colores. Los cambios habían comenzado primero en sus pies, los bordes se tensaron y se agrandaron. Ya no podía usar cubiertas para los pies. Eso estaba bien, se movía muy poco en la cápsula.

Luego golpeó su estómago. Se encontró sin apetito e incapaz de digerir nada. No podía tragar nada excepto líquidos y suplementos, para preparar aún más su cuerpo para lo que tendría que hacer. Entonces su espalda se puso rígida y no podía acostarse. Durante los últimos dos días no había podido dormir de todos modos, porque nunca volvería a dormir. O siempre estaría durmiendo. No tenía claro cuál era.

Ilacti miró su pequeña cápsula, llena de fotos de sus seres queridos. En una losa estaban las imágenes de sus padres, cuerpos convertidos en polvo durante el gran desastre de algunas décadas atrás. Junto a ellos estaban las imágenes de sus compañeros, Calagti y Hull. Si cerraba los ojos, aún podía escuchar la risa dorada de Calagti, que se ofrecía libremente en cualquier momento. Si mantenía la mano perfectamente quieta, podría imaginarse los tiernos dedos de Hull rodeando los de ella. Todos habían sido una buena y amorosa compañía el uno para el otro, cada uno equilibrando los temperamentos del otro. Los extrañaba, su toque, los sonidos de sus voces. Incluso la forma en que peleaban, como sucedía en alguna ocasión con cualquier relación. Si Ilacti pensaba demasiado en todo eso, empezaría a llorar.

Junto a las imágenes antes mencionadas y cubriendo la mayor parte de las paredes de su pequeño grupo, había fotografías de sus hijos, Qwueliu y Monixt, nombrados por los nombres de las estrellas de su gente. Ellos eran la razón por la que Ilacti se dirigía a este lugar distante: para ellos, para su futuro. Su foto favorita de ellos era la de toda la familia afuera en uno de los pocos días despejados que quedaban. Habían ido a un parque, habían jugado y comido bajo los árboles, luchando por sobrevivir. Había una foto de su pequeña familia, vestidos para su primer día en años. La imagen capturó el estoicismo silencioso de Monixt, a pesar de que todavía era un niño pequeño. Allí estaba Qwueliu, con los ojos vueltos hacia arriba e irradiando su esperanza perpetua. Eran su alegría y esto, se tranquilizó a sí misma, era una demostración de ese amor.

Si Ilacti miraba demasiado tiempo esa imagen, le dolería el corazón. Recordaría las lágrimas de Qwueliu cuando les informó a todos que ella era una de las elegidas para irse, que *tenía* que irse. Monixt, todavía un niño tan pequeño, había llorado en silencio. No entendían completamente lo que estaba sucediendo, que su planeta estaba muriendo. Que estaba asumiendo un propósito necesario que su gente había hecho antes cuando zarparon en su pequeño mundo hacia tierras dispersas, una vez extranjeras. Que muriendo, que estaba asumiendo una misión vital, que esto aseguraría su supervivencia como especie. Ella haría cualquier cosa como madre para asegurar su supervivencia. Los dos niños solo sabían que estaban perdiendo a una madre.

Al lado de una pequeña mesa había un pequeño recipiente de vidrio con una colección de piedras que le habían dado sus hijos. Estas eran las piedras que habían extraído de las paredes de tierra de su casa. Ilacti tenía una edad para recordar cuando tuvieron que ir bajo tierra por primera vez. Cuando los gases se volvieron ásperos y el calor podía quemar la piel de una persona en días especialmente calurosos. Se decidió que toda la gente se movería bajo tierra. Ese fue un destino cruel, porque prosperaban con el sol y solo podían disfrutarlo cuando el smog se despejaba durante unas horas en los meses fríos. Se recordaba a sí misma como una niña, empacando diligentemente sus pertenencias, dejando atrás su hogar en la superficie para el designado debajo de la superficie.

Ahora podía imaginarse a sus hijos, algunos meses después de su partida, empacando sus cosas. Monixt, especialmente, organizaba diligentemente sus juguetes pequeños hasta que cada uno cabía en un lugar especial de su maleta. Qwueliu tendría dificultades para separarse de cualquier cosa, ya que era un niño sentimental. Sus hijos. Niños a los que no volvería a abrazar, arreglando los pequeños objetos que habían rodeado sus vidas hasta ese momento.

Ilacti ya no podía formar lágrimas, eso era parte de los cambios que le ocurrían a su cuerpo, pero se le nublaron los ojos al ver el frasco de piedras que le regalaron sus hijos. Las piedras eran de su colección conjunta. Cada vez que uno encontraba una forma interesante o un color nuevo o una piedra particularmente brillante en las paredes de tierra de su casa, la escogían y la colocaban en este frasco especial. Este frasco, sus fotos y recuerdos eran todo lo que Ilacti se había llevado.

En poco menos de dos horas, Ilacti llegaría a su destino. Cerró los ojos y trató de recordar su propósito. Recordó las historias de su pueblo, contadas por sus padres: cómo habían sido una nación de viajeros y cómo sus técnicas ancestrales les permitían establecerse en cualquier entorno. Tal era lo que los diferenciaba de las otras bestias, que su fisiología podía cambiar y adaptarse al mundo que los rodeaba.

El Incentivo Éxodo nació de esta tradición. Fue una solución que comenzó cuando ella era una niña y recién ahora estaba dando frutos. Probaron la compatibilidad genética de toda la población adulta y luego de ese grupo pidieron voluntarios. Su aviso, de que era una de las catorce posibles candidatas, había llegado por mensajería. Calagti casi había asesinado al mensajero, porque todos habían discutido el posible resultado. La familia de cualquier voluntario estaría establecida de por vida y ayudaría a garantizar la supervivencia de su gente. El propósito de Ilacti era claro, incluso cuando sus compañeros lloraban y suplicaban. Incluso cuando Hull apenas podía hablar de todo eso. Incluso mientras sus hijos lloraban, Ilacti no esperaría a ver a su gente demolida en un planeta moribundo.

Ella y otros cuatro voluntarios finales recibieron su capacitación y directivas con meses de anticipación. Los funcionarios le habían permitido elegir entre uno de los planetas disponibles. Había elegido uno que sería un viaje de siete meses, pero tenía un sol nuevo y brillante. Se habían ofrecido a nombrar el planeta como ella, pero ella se negó. No podía soportar que sus hijos tuvieran que decir su nombre y sentir su pérdida cada vez que hablaban del lugar al que viajaban. Ella había sugerido que lo llamaran "Jhelmb", que en el idioma de sus antepasados significaba "lugar cálido". Fue aceptado.

Ella había tomado las pastillas a la hora prescrita. Se inyectó en los lugares correctos a lo largo de su viaje. Los químicos acelerarían la aclimatación y transformación de su cuerpo. Cuando se acercó a una hora de su destino, tomó la penúltima píldora. Las otras habían sido amargas, pero esta no pudo saborearla. Su sentido del gusto sería el primero en dejarla, habían dicho. Ilacti cerró los ojos y trató de recordar qué era el sabor. Qué era saborear el dulce néctar de verano que su gente convertía en manjares. ¿Qué era el sabor de los labios de sus compañeros? Ilacti se tragó su pena.

Con quince minutos restantes en su largo viaje, el ruido ambiental de la cápsula se volvió silencioso. Su oído finalmente se había ido. Le habían asegurado que eso sucedería en una etapa posterior. Se mantuvo firme ante el conocimiento de que nunca volvería a escuchar las voces de sus hijos. Al mirar por la pequeña ventana de la cápsula al planeta que se acercaba, al lugar que eventualmente albergaría a su familia, recordó su propósito.

Era árido, con poca atmósfera, pero no se estaba desmoronando como lo hacía su hogar. No había vegetación en este nuevo lugar, en Jhelmb, por otra parte, no quedaba mucho en el que ella había dejado atrás. Además, eso es lo que ella estaba aquí para proporcionar. Ilacti se levantó y recogió sus pertenencias: las fotos, el frasco. La cápsula aterrizó. Las puertas se abrieron para revelar el paisaje rocoso y sin alma.

Su cuerpo estaba preparado para soportar la fina atmósfera. Escogió un lugar y colocó sus pequeños objetos preciosos a su alrededor en un círculo y tomó la última pastilla. Luego cerró los ojos y esperó. Pensó en las historias que sus padres le habían contado cuando era hija de su pueblo: cómo en una época de grandes cambios habían viajado a tierras nuevas e inhóspitas y las habían hecho habitables a través de la sangre y el sacrificio de los fuertes. Ilacti sabía que esto era cierto, porque cuando algunos de los suyos sangraban en el suelo, se animaba por un momento. Las flores y plantas muertas florecían de nuevo en presencia de la sangre de su gente.

Pero no había cantidad de sangre o matanza que pudiera salvar a su planeta moribundo. No como si se estuviera separando en sí mismo. Ahora tenían que buscar un hogar entre las estrellas. Todo lo que era sería polvo en poco tiempo.

A la fría luz del amanecer, mientras sus piernas se clavaban en el suelo y su cuerpo se ponía rígido, Ilacti se preguntó si aún conocería el tacto. Cuando sus hijos llegaran en unos meses, si le pusieran la mano encima, ¿los sentiría? Ninguno de los científicos de su mundo había logrado responder a esa pregunta, pero no la detuvo porque no se trataba de ella, se trataba de la supervivencia de los de su especie. Cerró los ojos. El sol iluminó la corteza de su rostro.

LUNA CIRUELA

«No hay aire». Es lo que Etta Tuviano tenía que seguir recordándose a sí misma. De lo contrario, fácilmente se quitaría su casco tapado y demasiado ajustado y dejaría su cabello oscuro y espeso en la no atmósfera. Es parte del sueño que siempre ha tenido en secreto, nada que la separe de la oscuridad del espacio. La fría ligereza que le permitía moverse sin trabas. Sabía que era una falacia estúpida. Que se asfixiaría y moriría de frío incluso antes de tener la oportunidad de mover un dedo. Pero algo siempre la llevaba a poner suavemente su mano sobre el gatillo de su casco cuando estaba esperando una instrucción.[1]

—Bien, E.T., toma el tubo HL3 e inserta el extremo cónico en la base del 7LM —zumbó la voz de Karen por el intercomunicador—. Oh, y Pierce quiere que te recuerde que esa es nuestra última base de 7LM, así que si se rompe como la última, no tendremos suerte hasta el tránsito del próximo mes.

Etta comenzó a ensamblar el poste con cautela, frustrada por el ángulo extraño y el mal corte de la tubería.

—Si Pierce no deja de molestarme por esa tubería rota,

puede venir aquí y hacer esto él mismo. Incluso si tengo que arrastrarlo aquí. —Ambas sabían que Etta estaba bromeando. Le encantaban estos paseos exploratorios, a pesar de que era un trabajo de baja categoría.

Karen también le recordó, por el intercomunicador, que:

—Sabes cómo es Pierce, lloraría sobre cómo son mejores los cuerpos de las mujeres para estas caminatas espaciales. Toman mejor la *presión*.

—El cuerpo de Pierce no podría hacer nada mejor —bromeó Etta y se tragó su disgusto. Hizo una pausa, habiendo terminado los últimos juegos de piezas, para mirar el trabajo. Era una cosa extraña, una combinación de un taladro y un pozo que destacaba en fuerte contraste con la luna árida circundante. La Luna XKT-3049D se conocía coloquialmente como la "Luna Ciruela" por la gran concentración de lepidolita que pulverizaba la superficie y porque las primeras excavaciones habían localizado un núcleo denso e impenetrable en el cuerpo. La Luna Ciruela giraba alrededor de un planeta gaseoso inhabitable (G-XKT) y estaba a un viaje de seis meses de la colonia más cercana. La única razón por la que el equipo estaba allí era para determinar si la luna era una buena candidata para la minería.

La expansión colonial continua significaba que los humanos tenían que canibalizar cualquier material que tuvieran. Incluso ahora, miles de millones de ellos pululaban en diferentes extremos de esa galaxia, devorando el planeta, la luna y el asteroide por igual. Etta siempre sentía una leve incomodidad al pensar en ello, incluso si ella era solo una pequeña parte de esa máquina. Pero este trabajo era su oportunidad de dejar la colonia superpoblada en la que había crecido. Contempló la inmensidad de la Luna Ciruela, la arena quieta salpicada de imposibles formaciones cristalinas que brillaban de color púrpura bajo la tenue luz de un sol rojo, y pensó en su hogar. Ella era el único miembro de la tripulación que dormía sin que su ventana se pusiera opaca, solo para quedarse dormida mirando el frío y el silencio para siempre.

—Tres minutos, E.T. Enciende la cosa y vuelve aquí para almorzar —dijo Karen. Etta encendió la máquina a regañadientes y echó un último vistazo a la luna casi intacta antes de regresar a su base. Karen se encontró con Etta en la cámara de despresurización—. Aguanta, Chispita —dijo, sosteniendo una varita de metal iluminada en verde—. Los escáneres detectaron un cuerpo extraño al entrar. —Karen agitó el palo DECT sobre las extremidades de Etta, buscando ese parpadeo rojo revelador, pero no hubo suerte.

—¿Son extraterrestres que hacen autostop o el palo DECT está roto? —dijo Etta con una ceja levantada.

—Bueno, seguro que no es el dispositivo DECT. Acabo de revisar este. Tal vez los escáneres están estropeados o tal vez nos estás ocultando algo, E.T. —respondió Karen con un guiño que hizo que el corazón de Etta se acelerara a pesar de sí misma. Etta guardó su traje y se dirigieron a las cocinas para comer con los otros miembros del equipo.

Karen inclinó la cabeza hacia una mujer rubia alta y musculosa sentada al final de la enorme mesa de metal.

—El escáner está averiado, G.

—No, no lo está. Acabo de comprobar las especificaciones esta mañana —dijo Goldie, levantando la vista del extraño platillo con forma de pez que había estado comiendo.

Karen le dio un empujón juguetón mientras se sentaba junto a Goldie.

—Bueno, no es mi dispositivo DECT. Hice un diagnóstico en él hace solo un par de horas.

—Seguro. Tal vez hayas estado colocando tu dispositivo DECT donde no corresponde —dijo Goldie con una sonrisa traviesa.

Karen enarcó una ceja.

—¿Eso es una proposición? —dijo, el coqueteo pesado en su rostro y tono. Sus labios carnosos se curvaron en un extremo en una sonrisa.

Etta tomó ese momento para alejarse de sus pesadas bromas, tratando de ocultar la incomodidad que sentía. La pareja se había calentado la cama durante los últimos meses, y aunque ambas insistían en que era un asunto casual, Etta podía decir lo contrario. Había enmascarado su propia atracción por Karen desde que se conocieron en tránsito el año pasado, tan bien que Karen ni siquiera lo registraba. En última instancia, estaba bien con Etta: ver a su amiga más cercana en esta lejana roca relacionarse felizmente con Goldie le calentó el corazón, si no su cama. Lo que la molestaba era la cercanía de todo. La forma en que la gente se apiñaba.

La médica residente y nutricionista, Rebecca, se les había acercado y escuchó su conversación.

—¿Qué es esto de los escáneres? —dijo mientras colocaba platos frente a Etta y Karen, cada uno hecho según sus requisitos dietéticos específicos. Rebecca se peinó un cabello negro suelto y liso detrás de la oreja y se sentó junto al trío. Su rostro delgado, artificialmente juvenil irradiaba una curiosidad tranquila y contenida.

—Oh, o el escáner está roto o el dispositivo DECT lo está y Etta arrastró extraterrestres —dijo Karen, comiendo un bocado de puré de almidón—. Los escáneres mostraban un código rojo, pero el dispositivo DECT no encontró nada —explicó, dejando un poco de puré en su boca en el proceso.

—O —interrumpió Heath desde el otro lado de la mesa—, Etta es solo un extraterrestre, y tenemos que aceptar a nuestros nuevos señores.

Etta suspiró y miró su plato, compuesto de calabaza.

—Probablemente los escáneres atraparon una mota pegada al traje.

—Mm, no es posible —dijo Goldie—. Los escáneres leen cuatro tipos diferentes de firmas de radiación. Todo lo que esté catalogado como firmas de radiación biológica basadas en la Tierra se registra como predeterminado en la máquina. Es cualquier cosa que tenga una radiación que no esté dentro de los parámetros que lo desencadenan. Pero tiene niveles. Si es inorgánico y los niveles de radiación no son tóxicos, es azul. Solo se vuelve rojo para objetos orgánicos con firmas de radiación que no estén basadas en la Tierra.

—Bien, entonces, ¿por qué el dispositivo DECT no lo detectó? ¿O recogen información diferente a la de los escáneres? —preguntó Heath, con un rebote juvenil a su comer y hablar.

Goldie negó con la cabeza.

—No, los dispositivos DECT son versiones más pequeñas y precisas de los escáneres. Y sincronizan datos con los escáneres. Si los escáneres detectaran algo, los dispositivos DECT estarían buscando esas señales.

—Mmm. Bueno, entonces —dijo Rebecca, entrecerrando los ojos pensativa—, ¿qué podría haber activado el escáner, pero no el dispositivo DECT? Tendría que ser orgánico y no basado en la Tierra. ¿Quizás el material orgánico llegó aquí desde un asteroide de algún otro lugar? ¿O tal vez algo de nuestro material orgánico salió y fue irradiado?

Goldie se mordió la mejilla.

—Medimos el material orgánico vivo, por pequeño que sea. Los escáneres se desarrollaron para prevenir la propagación de posibles bacterias alienígenas que podrían enfermar a los exploradores o, peor aún, causar una epidemia. El material orgánico muerto no registra una advertencia de luz roja. Y nuestros propios materiales se compensan en el primer escaneo planetario.

—Entonces... ¿extraterrestres? —dijo Karen con un movimiento dramático de sus brazos.

—Oh, vamos, más de cien planetas y nunca una señal de vida —dijo Pierce, interrumpiendo su comida silenciosa—. Los extraterrestres son un mito, incluso las bacterias extraterrestres.

—Bueno, quiero decir, nosotros no somos de esta luna, entonces ¿no *somos* técnicamente los extraterrestres? —dijo Etta.

—Quizás solo tú, E.T. —dijo Karen, dándole a Etta un toque juguetón. Etta trató de no sonrojarse.

—Sabes a lo que me refiero. Probablemente es solo un escáner malinterpretado. Te dije que pidieras un nuevo juego la semana pasada —dijo Pierce.

Goldie puso los ojos en blanco hasta que Rebecca entonó:

—¿No sería curioso?

—¿Qué sería curioso? —dijo Heath.

—Bueno, un ser vivo, tal vez pequeño como una bacteria, o que no exista en nuestro campo de visión, así que para todos los efectos, invisible. Un ser vivo que primero se registraría con una firma de radiación no terrestre, pero que se adaptaría rápidamente para imitar nuestra propia radiación. ¿No sería extraño? —dijo Rebecca, con los ojos apuntando a la distancia.

—Pero, ¿por qué? ¿Por qué de alguna manera imitar las firmas de radiación de otro ser? ¿Cómo sería capaz de eso? —dijo Goldie, una preocupación muy real creciendo en su rostro.

—Supervivencia —dijo Etta—. Piénsalo, esta roca es árida, la imitación es un mecanismo clásico de supervivencia. Y si eres algo pequeño, como un grupo de bacterias, puedes hacerlo rápido y adaptarte a un nuevo entorno. Un organismo como ese probablemente podría sobrevivir en cualquier entorno.

La habitación se quedó en silencio ante la perspectiva. El

zumbido de las máquinas que los mantenían con vida en medio de un espacio implacable se hacía más fuerte con cada segundo.

—Eso es bastante aterrador —dijo Rebecca, necesitando mantener el silencio a raya—. Quiero decir, un organismo que podría imitar al de otro tan bien que es casi invisible. Hermoso, pero aterrador.

—Solo da miedo si desarrolla el gusto por los terrícolas —dijo Pierce—. Además, para que sea una amenaza, naturalmente tendría que ser tóxico o un depredador o sensible o viral. Y hasta el momento no hemos encontrado sensibilidad en ninguno de estos planetas. No hay vida inteligente fuera de lo que traemos. Deja los espeluznantes extraterrestres imposibles a los creadores de videos. Es más probable que los escáneres estén estropeados.

—Me pondré en contacto con la base y les pediré que envíen un parche del programa —dijo Goldie, moviendo sin rumbo la comida en su plato. Karen se acercó a ella, tal vez buscando la calidez de Goldie o simplemente la comodidad de un cuerpo conocido, la piel oscura de Karen contrastaba agradablemente con la tez pálida de Goldie. Se parecían a un Yin y un Yang vivos.

—Rebecca, ¿por qué estoy comiendo cosas verdes otra vez? ¡Sabes que odio esto! ¡Sabe a hongos en los pies! —dijo Heath. Estaba claro que estaba tratando de mejorar el estado de ánimo y cambiar la conversación. Su esfuerzo por aliviar sus preocupaciones se encontró con algunas risas. Su rabieta desvió la conversación a una alegre sobre si los beneficios de la comida verde valían la pena. Pero la incomodidad se sentó en el fondo de sus mentes.

* * *

Etta era el único miembro de la tripulación a la que le gustaba pasar sus horas de recreación en la plataforma de observación. Ella hubiera preferido estar en un traje en un paseo al aire libre, pero cuando le pasó la idea a Karen después de que llegaron por primera vez, le hizo saber en términos inequívocos que estaba siendo una idiota desconsiderada.

—Las caminatas deben ser monitoreadas por otro miembro de la tripulación y deben verificar las especificaciones. ¿Vas a hacer que yo o algún otro idiota pase sus horas de recreación haciendo eso? —Luego golpeó la nariz de Etta con un dedo y se alejó.

En cambio, Etta llevaría una colchoneta de entrenamiento a la plataforma de observación para disfrutar de las vistas desde la seguridad del recinto. Era una estructura pequeña y abovedada, donde las paredes estaban hechas de una resina plástica transparente de alta densidad, dividida por acero. Era la versión espacial de una casa de cristal. La exposición de la configuración hacía que más de un miembro de la tripulación se sintiera incómodo por estar allí demasiado tiempo. Heath había mencionado una vez que si permanecía en la plataforma de observación durante más de veinte minutos, sentía que no podía respirar. Seguía imaginando que las paredes se romperían y moriría en el espacio, su aliento succionado directamente de su cuerpo.

Para Etta era un sentimiento opuesto. Etta disfrutaba de su amplitud. Casi podía verse a sí misma atravesando las paredes y adentrándose en el paisaje. Entre las paredes interiores y con su casco fuera de ellas, se estaba asfixiando. Esta era su única liberación.

Etta trató de normalizar su presencia trayendo la colchoneta. A Rebecca le gustaba venir en sus horas de la mañana y meditar. Pero el enfoque de Etta no estaba en centrar su cuerpo o perfeccionar su forma. Ella usaba esto como un vehículo para mirar hacia el gran desierto teñido de púrpura. Pudo ver los últimos vestigios de los rayos rojos del sol del sistema cuando se puso en el horizonte de la luna. La luz roja creó un resplandor magenta proveniente del polvo inmóvil de la luna. Hacía que las grandes formaciones de piedra dejaran largas sombras. Figuras negras que yacían en el suelo.

Esta fue la segunda tarea de Etta. La primera fue hace tres años en el planeta acuático H749. Era un planeta muy parecido a la Tierra 1 en temperamento y tamaño. Ya tenía una atmósfera y necesitaba un mínimo de terraformación. Después de sus estudios, la compañía decidió que se facturaría como un Planeta del Placer. A estas alturas se habría introducido la "vida" y se habría construido un hotel tras otro, haciendo del H749, ahora "IndiMar", la máxima atracción turística.

Allí fue donde conoció a Karen por primera vez. Karen todavía se refería a ese paraíso plantado. Ella solía responder que en lugar de estar atrapada en esta roca, podría estar tomando el sol o haciendo surf en IndiMar.

Etta había disfrutado de H749 cuando llegó por primera vez, pero ahora no podía verse allí. A ella le encantaba más la Luna Ciruela. Era todo lo que había soñado cuando era niña. La extrañeza de eso. El peligro. Era mucho más *extraño*. Era mucho más *hermoso*.

Reflexionó sobre esto mientras se sentaba y miraba cómo las sombras se alargaban. Estaba casi segura de que era la luz cuando creyó ver algo *moverse*.

* * *

«Mírate Etta, todavía asustada por las sombras», se dijo, mientras se acostaba en su cama para dormir esa noche. Giró los diales de la pared del armario de su cama para ajustar la temperatura de su colchón. Ésta era la peor parte del día para Etta, tratar de dormir en la cama parecida a un ataúd era una batalla llena de ansiedad cada noche. Nunca entendió por qué los ingenieros y diseñadores habían hecho sus cápsulas para dormir increíblemente pequeñas. Según Goldie, se debía a que se suponía que las habitaciones de la tripulación se veían como cápsulas de escape en los diseños originales, y que esperaban que las cápsulas para dormir pudieran eventualmente cambiarse por cámaras de hibernación. Eso es si los costos de las cámaras de hibernación alguna vez bajaban.

Etta estaba muy segura de que preferiría morir en una explosión, como la que mató a los colonos de Helofax29, que pasar un tiempo indeterminado en una cámara de hibernación. Apretujada en la cámara de dos metros, por un metro, por medio metro estaba la materia de sus continuas pesadillas. El único consuelo era su pequeña ventana de babor que daba a la inmensidad de las llanuras púrpuras. Se inclinó para que su rostro estuviera cerca del plástico de alta densidad. Se imaginó que estaba ahí fuera, en la increíble ligereza de la situación. Sus pies descalzos plantados en el suelo violeta. Libertad rodeando su cuerpo. Esas fantasías la ayudaron a dormir.

Esa noche, la tripulación permaneció inquieta, como si algo fuera perpetuamente perturbador. Se oía un tintineo suave, casi silencioso, fuera de la habitación de Rebecca, como guijarros cayendo sobre metal. El *ping, ping, ping* la sacó de su letargo durante toda la noche. Comenzaba a quedarse dormida cuando un ping la despertaba. O estaría en medio de un sueño repetitivo cuando un ping se insertaba allí y la ponía de pie, después de lo cual, una vez más, se golpeaba la cabeza en la parte superior de la cámara.

Hubo un cambio repentino en la presión del aire en las habitaciones de Goldie que despertó a Karen, jadeando y ahogándose. Cuando Goldie revisó las estadísticas, todo se leía en parámetros normales. Ni Heath ni Pierce admitirían sus pesadillas. Ambos soñaron que estaban paralizados y asfixiados.

Etta también sintió algo, un zumbido imperceptible que ninguno de los instrumentos captó. Arrojó al universo fuera de ritmo. Un zumbido constante, como las cigarras en verano. Excepto que este zumbido perdía un ritmo cada pocos cientos de latidos. Era casi como si algo estuviera enviando una señal.

Lo que la mayoría no sabe sobre los viajes al espacio profundo, es que la gente depende de la coherencia. Dependen de la rutina para dar la ilusión de seguridad. En los términos más amplios, los viajes al espacio profundo conllevan peligros que podrían provocar incluso a los más valientes un repentino ataque de pánico, cuando consideran que están enviando a un grupo de personas a lo casi desconocido con solo una lata a su alrededor para evitar que entren en la infinita extensión del universo. A menos que un planeta haya sido terraformado o alterado para ser habitado por humanos, son solo unos pocos centímetros de plástico y metal entre una tripulación y el olvido. La tranquilidad es buena. La consistencia es buena. Cualquier desviación de esas cosas trae el recordatorio de que están solos. Con cada fragmento de una roca perdida volando en el espacio, cada lectura incorrecta de un instrumento, trae de vuelta el miedo.

Debido a eso, el desayuno fue inusualmente tranquilo. Heath intentó algunas bromas poco entusiastas para aligerar el estado de ánimo, pero hizo poco para aliviar la quietud pensativa en la estación. La tripulación en su mayoría empujaba la comida en sus platos. Incluso Rebecca, que tendía a ser dogmática sobre la nutrición adecuada, solo comió su combinación de carbohidratos. La única excepción fue Etta, que estaba hambrienta hasta el punto en que el resto de la tripulación le dio las sobras. Se las tragó con furia. Rebecca estaba demasiado concentrada en su falta de sueño para tomar nota del apetito de Etta a pesar de que también le había dado a la mujer las sobras. Etta se tragó cada bocado pero se quedó hambrienta e insatisfecha. Sofocó sus quejas para su reunión matutina.

—Obtuve las especificaciones de servicio en los escáneres y dispositivos DECT. Todo va bien —comenzó Goldie—. Lo único que atravesó fue la materia típica.

—Entonces, ¿cuál fue la alarma? —dijo Karen, frotándose los ojos. No había podido dormir completamente después de ese incidente de asfixia, incluso después de haber dejado enfadada las habitaciones de Goldie.

—Solo un problema pasajero. Ninguna máquina es perfecta. También podría haber malinterpretado a Etta por un segundo antes de que se volviera a registrar —dijo Goldie, con una calma que parecía forzada. La pelea nocturna de Karen y ella les había dejado un sabor amargo en la boca.

—Hablando de problemas pasajeros, es posible que queramos comprobar si habrá alguna lluvia de asteroides próximamente. Eso podría explicar los guijarros que cayeron cerca de mi habitación anoche —dijo Karen.

—Puedo llegar a eso después del almuerzo. Mientras tanto, hemos obtenido lecturas extrañas del taladro. Etta, ¿te apetece dar un paseo? —Pierce esperó hasta que Etta asintió con entusiasmo antes de continuar—. Y Goldie, necesitarás ver si las lecturas son otro problema mecánico. —Goldie asintió y se limpió los dientes con el dedo anular—. Y Karen, voy a necesitar que revises todas las matemáticas a mano.

Karen respondió con un saludo sarcástico y un:

—A sus órdenes, Capitán.

—Heath, ¿puedes empezar a montar la abertura para la excavadora y la bomba? —continuó Pierce.

—Claro, pero todavía estoy esperando la segunda mitad de

las piezas de TaramX5. No estarán aquí hasta dentro de cuatro días —dijo Heath.

—Solo haz lo que puedas hasta entonces. ¿Todos tienen sus asignaciones? —Pierce ni siquiera levantó la vista de su tableta para comprobar si la gente seguía prestando atención—. Reunión aplazada. Se pueden ir.

Etta tuvo que ralentizar deliberadamente su caminata mientras corría hacia la cámara de trajes. A pesar de que su cabeza llegó a ella después de esa sombra que vio, sintió una necesidad urgente de dejar el recinto abovedado y sentir la arena debajo y entre los dedos de los pies. En su lugar, tendría que conformarse con la arena debajo de una bota. Etta emergió con el traje incómodamente ajustado y suelto al mismo tiempo. Su respiración se sentía atrapada y laboriosa debajo de todas las capas, la tela gruesa inhibía aún más su movimiento. La congestión le recordó cómo su madre la metía con fuerza dentro de su sábana y edredón de algodón. Después de que su madre se fuera, se los quitaba y dormía desnuda en verano o en invierno. En este traje estaba envuelta en esas mantas de nuevo, pero ahora tenía que maniobrar.

Mientras Etta jugueteaba con las correas de sus brazos, se escuchó una voz por el intercomunicador.

—Etta, ¿me lees? —Era Pierce, probando las comunicaciones.

—Si. Leo. ¿No va a ser Karen mi segunda? —Volvió a arreglarse las correas cuando Pierce le recordó que Karen estaría haciendo matemáticas la mayor parte del día.

—Todos los demás están ocupados —dijo Pierce, adelantándose a su siguiente pregunta.

Se encendió la media luz y Etta se interesó aún más en terminar de prepararse y salir. Pierce entró en la cámara de transferencia para comprobar sus correas y accesorios. Siempre había algo en la forma en que él pasaba las manos por las correas, la forma en que sus ojos la miraban desde tan cerca, que la molestaba. Estaba siguiendo las reglas al pie de la letra, pero eso no significaba que mientras la estaba ajustando, su dedo no acariciara "accidentalmente" un pezón, el costado de un pecho, el arco de una nalga o el espacio entre sus muslos.

Esto había comenzado hacía tres meses, y la primera vez que lo hizo, Etta pensó seriamente que se trataba de un accidente. Mientras hacía clic en el vínculo de un traje lateral, su mano fue y la ahuecó debajo de su pecho. Él hizo que pareciera un desliz mientras se aseguraba de que los sujetadores estuvieran lo suficientemente apretados. Pero luego siguió sucediendo, y cada vez fue más atrevido que la anterior. Etta miraba las imágenes de la cámara más tarde y notó con consternación que él se inclinaba de tal manera que nada era discernible. También recordó que como líder de estos proyectos, él tenía el código de acceso a la cámara y probablemente podría borrar cualquier cosa si fuera necesario.

Hubo varias ocasiones en las que intentó abordar el tema con los otros miembros de la tripulación, pero tuvo que ser extremadamente cuidadosa. Cualquier acusación podría hacer que la despidieran de una forma u otra. Por encima de eso, nadie más parecía tener este problema con él. Por otra parte, era ella quien hacía la mayoría de las caminatas. El resto de la tripulación ya la encontraba "extraña", ¿quién le creería de todos modos? Incluso Karen, a pesar de todo su humor irónico sobre Pierce, no se había dado cuenta de nada.

Tan pronto como se abrochó el casco y se alejó mentalmente del abuso indeseado, Etta corrió a la cámara. Con el tanque y la mochila atados, agarró la bolsa de herramientas cerca del estante de salida.

—Listo —dijo ella por el intercomunicador, esperando a

que Pierce entrara en la cabina de control para presionar la secuencia de apertura.

—Listo —dijo él después de sólo un minuto, pero a ella le pareció una eternidad.

Casi podía sentir la respiración de él mientras mantenía el comunicador abierto y le dieron ganas de vomitar.

—Estamos en vivo, Etta. Despresurizante al 25%. Pasando a "verde" en 3, 2, 1.

Las puertas se abrieron y ese día parecía aún más hermoso que el anterior. Otra de las lunas de G-XKT estaba cerca en órbita. Si esta era la Luna Ciruela, esa era la Plateada. Era la siguiente en ser perforada y examinada, porque la Luna Plateada tenía depósitos de mercurio. Pero por ahora, estaba pacífica, reflejando una luz gris desde su superficie a la luna color ciruela. Ahogaba el paisaje en lila.

Con su primer paso fuera de la plataforma, lo sintió. Esa vibración que había sentido toda la noche anterior. Era débil, como un cosquilleo que viajaba desde la suela de su bota hasta los tobillos y los muslos. Todo pareció registrar el cosquilleo. Era arrítmico, desigual. Si Etta no lo hubiera sabido mejor, se habría sentido tentada a decir que era un idioma. Pero lo sabía mejor y había leído un poco antes del desayuno sobre el tema de las vibraciones y cómo los cuerpos en el espacio a veces se han visto afectados por la atracción gravitacional de múltiples satélites. Al menos esta fue la conclusión de una o dos teorías.

De todos modos, sacando esos pensamientos de su cabeza, miró ocho metros hacia el taladro. Unos pocos pasos más adelante y ella avanzaba al compás de los misteriosos sonidos. «Una canción», pensó Etta. «Me recuerda a una canción pero no sé qué canción ni dónde la he escuchado». Silenció su comunicador para tararear. Con cada paso que daba, comenzaba a bailar con él, saltando y moviéndose, dejando que el ritmo distorsionado la moviera. Estaba feliz de que no hubiera cámaras de la estación a esta distancia.

En la superficie, el taladro se veía exactamente como lo había dejado. Encendió la cámara de su casco y primero verificó los sistemas de monitoreo. Oyó a Pierce y encendió tanto el comunicador como la unidad.

—Está bien, estoy leyendo interferencias a unos ciento cuarenta y cinco metros de profundidad. ¿Cómo lo ves? —La voz de Pierce se escuchó como un lío estático. El sonido, cerca y en su oído, la hizo sudar.

—Comprobando ahora —dijo ella, mientras miraba el visor. No estaba atascado en la marca del uno cuarenta y cinco, había recorrido dieciocho metros más antes de que se activara el cierre de seguridad. El simulacro era en realidad solo para realizar un levantamiento más profundo y una recolección de muestras, y las máquinas como esa tendían para ser "tallos de trigo", como Heath las llamó. Eran compactas y livianas para viajes espaciales, y tenían cierta flexibilidad, pero demasiada presión y se rompían. Notó que en el ciento cuarenta y cinco chocó contra un trozo de material más grueso y programó el brazo lateral para tomar una muestra. Había otro parche más abajo donde finalmente se había detenido.

—Veo un depósito más grueso, parece una línea de roca más dura en esos niveles —dijo Etta por el comunicador.

—Eso es imposible —respondió Pierce.

Etta puso los ojos en blanco.

—Solo te estoy diciendo lo que veo. Aquí abajo hay un material más grueso. Parecen tiras de láminas compactas.

—Y te digo que el robot que examinó esta luna no encontró líneas duras, esa es la razón por la que fue subido en el catálogo de minería. Fácil acceso a materiales y todo eso.

—Solo te estoy diciendo lo que veo.

—Bien. Prográmalo para que muestre muestras —dijo Pierce.

—Ya estoy en eso. —Etta tuvo que esforzarse para mantener la molestia fuera de su voz—. Escucha, tomará como una hora al menos para que aparezcan estas muestras...

—¿Quieres volver? —interrumpió Pierce.

—No. —Etta se estremeció ante la idea de que él la desenvolviera solo para que él la volviera a envolver una hora más tarde—. Voy a inspeccionar, a ver si encuentro algo interesante.

—El equipo anterior ya hizo trazados de todo.

—Puede que no sea un desperdicio. Tengo dos horas, cuarenta y tres minutos en el paquete de aire. Estoy en silencio para concentrarme y no romper el traje —dijo ella e hizo eso antes de que Pierce pudiera responder. Etta miró el mostrador y vio que pasaría aproximadamente una hora y cuarto antes de que tuvieran que revisarlo. De pie, miró el paisaje, empapado en la espeluznante luz reflejada. Perdida en ese paisaje, queriendo tener más sentidos en el momento, respiró hondo... solo para darse cuenta a mitad de camino de que solo era oxígeno reciclado de su traje. Fue instintivo, el tipo de respiración que alguien podría hacer cuando se iba de vacaciones a la playa por primera vez. Pero no podía respirar sin el casco. No había aire para oler.

Se preguntó cómo podría haber olido el aire, si la luna hubiera tenido algún tipo de atmósfera. El color, obviamente, pedía un toque de lavanda. Si la empresa hubiera seleccionado esta luna para un destino turístico, imaginó que los anuncios televisivos harían referencia al "cielo lavanda y arenas amatistas". Pero entonces, algo le recordó a la planta de plumeria que su madre mantenía viva en casa. El delicado olor, el mismo "morado" le habló. Como cuando era solo una niña gritando y corriendo por el jardín, mirando las flores, apuntando al cielo.

Etta eligió una dirección para explorar. Las formaciones

rocosas a su izquierda, a unos sesenta metros de distancia, parecían interesantes. Sintiendo el ritmo que latía debajo de ella, bailó hacia ellas. Tarareó junto con la melodía, su voz aguda coincidiendo con la melodía de la octava baja y silenciosa de la luna. Acercándose a una gran masa, inclinó la cabeza hacia atrás. Le recordaba al coral oscuro calcificado y seco que quedaba en la playa, porciones esculpidas por el movimiento interminable de la marea, mientras que otras regiones conservaban sus rasgos marcados.

Éstas no eran como las formaciones de su planeta natal, que había sido originado por la actividad volcánica y erosionado hasta llegar a existir. Estos eran los restos de una lluvia de asteroides que había bombardeado las lunas y los planetas aquí hace un milenio. Había una vez en que solían llamar a objetos como esos estrellas fugaces, pero estos eran como balas o flechas, incrustándose en la carne de esta luna, proyectiles que habían volado por el espacio solo para alojarse explosivamente en una pequeña roca olvidada.

Cuando Etta se alejó del grupo de meteoros, notó que se parecía a una mano. Por lo menos, las cinco "rocas" parecían cinco dedos estirados, extendiéndose desde debajo del suelo. Tomó una foto con la cámara de laboratorio. Bien podría tener algún recuerdo de esta tarea. Con el clic de la imagen sintió un temblor. Nada peligroso, solo un estremecimiento desde abajo, como si la luna se estuviera asentando.

Etta se orientó y se movió ligeramente hacia la izquierda. En este ángulo, parecía como si la formación de la mano estuviera alcanzando a la hermana luna plateada. Tomó otra foto y la luna se estremeció con más intensidad. Cayó y sintió el profundo estruendo. Era un mal presentimiento, pero también seductor. Ella permaneció boca abajo allí hasta que finalmente se detuvo un momento después.

Comprobó su traje y sus estadísticas: la luz roja de urgencia del comunicador parpadeaba y lo encendió.

—¡Etta! Etta! ¿Puedes leerme? ¿Estás ahí? —Pierce entró en pánico. Un tripulante muerto podría ser el final de su carrera.

—Sí, estoy bien. El traje está bien, la mochila está bien. Me dirijo a comprobar el taladro y las muestras.

—Olvídalo. Vuelve a la base. Enviaré a Heath más tarde para recoger las muestras. —La voz de Pierce era más urgente de lo que jamás había escuchado—. Tienes que conseguir que Rebecca te revise, es la regulación del manual. El sensor del traje registró un impacto.

«De cuando me caí», pero ella omitió ese dato. Lo último que quería era que la sacaran de las caminatas hasta que se hiciera un perfil de lesión. Solo miró el taladro en su camino de regreso, parecía estar bien. Cuando se dio la vuelta para echar un último vistazo a la formación, podría haber jurado que los cinco "dedos" agrupados parecían haberse doblado de alguna manera en sus "articulaciones" para parecerse aún más a una mano.

* * *

—Mira hacia la luz. —Rebecca ya había evaluado todo lo que había que evaluar y todavía estaba haciendo pruebas. Perfiles de sangre, temperatura, frecuencia cardíaca, vejiga y muestras de heces. Etta se estaba impacientando con eso, pero también podía decir que Rebecca estaba siendo minuciosa como distracción. Toda la tripulación estaba literalmente temblando por el terremoto cuando ella regresó.

—Saca la lengua de nuevo. —Rebecca puso el depresor de lengua en la lengua de Etta y volvió a mirar sus notas. Había hecho todo dos veces en este punto y Etta estaba cansada de que la tocaran y la pincharan.

—¿Cuál es el pronóstico, doctora? —dijo Etta con una voz jovial forzada.

—Oh —dijo Rebecca, pareciendo salir de su estupor—. Estás bien, pero quiero que descanses un ciclo solo para estar segura. Y tu temperatura es un poco baja. No lo suficiente como para merecer ningún medicamento, pero quiero que uses este termómetro de anillo durante el día. Me enviará tus temperaturas actualizadas de forma inalámbrica para realizar un seguimiento. No te lo quites, ni siquiera cuando te duches.

Etta tocó la sencilla banda plateada que rodeaba su dedo medio. Por lo que parecía metal simple, se sentía extrañamente cálido. Salió de la sala de exámenes y se dirigió hacia las cocinas y el comedor. Tomando un cóctel de bebida de frutas endulzada de la tienda de bocadillos, vio a Karen inclinada sobre unas tabletas en la mesa de la cocina abierta. Etta miró por encima del hombro las diversas ecuaciones y fórmulas, luego se sentó a su lado.

Karen solo asintió en reconocimiento a su nueva compañía. Después de unos momentos y cálculos, finalmente se dirigió a Etta.

—*Estás* terriblemente tranquila ahí, E.T., a pesar de que estabas ahí fuera.

—Supongo que no estaba cerca de nada que temblara o se cayera de las paredes para asustarme.

—O tal vez eso no es lo único que debes temer —dijo Karen en voz baja. Al darse cuenta de que Etta probablemente la había oído, se volvió hacia ella con los ojos muy abiertos.

Etta le respondió con una mirada interrogativa. Karen negó con la cabeza ante las tabletas que tenía delante.

—Es solo que... no tiene sentido. Ninguna de estas estadísticas coincide con las proyecciones y cálculos que hizo el primer equipo. No he visto imprevisibilidad como esta desde que hice migraciones de depredadores en mi pasantía, ¡y esas cosas estaban vivas! Yo solo...

Etta puso una mano sobre el hombro de Karen. Fue un gesto tentativo y, a pesar de su familiaridad, uno que se sintió forzado. El zumbido de la estación parecía demasiado silencioso mientras Etta reflexionaba sobre qué había cambiado, cómo esta mujer por la que se había sentido atraída le pareció de repente una extraña.

—Lo siento, es frustrante. ¿Qué crees que podría ser?

—Yo... no lo sé. Quiero decir, esto no es normal. Esos temblores no son normales para una luna como esa. Estas lecturas no tienen sentido y es lo único que debería tener sentido. ¡Sigo revisándolas y todo lo que escucho son las viejas historias de fantasmas de mi madre en mi cabeza! —Karen golpeó la mesa con una mano y se pasó la otra por el cabello rapado.

—¿Historias de fantasmas?

—Sí, yo... mi madre creía en fantasmas y apariciones y yo... nunca me he olvidado de eso.

Etta se obligó a reír, pero fue hueco. Ese sentimiento de presencia también había estado en el fondo de su mente. No se sentía embrujada, solo que no estaba sola. Etta miró hacia otro lado, pero no vio nada allí.

—¡Lo sé! ¡Lo sé! Es solo, —La respiración de Karen se aceleró—. Nadie ha sido capaz de probar si los fantasmas son reales o no y yo solo... no sé qué hacer con esto. No sé qué hacer con el cambio en el aire y las cosas raras.

—Sé que da miedo, pero probablemente solo sea el equipo viejo —dijo Etta, tratando de parecer lógica ante su propia inquietud.

Karen se frotó el hombro.

—¿Recuerdas lo que pasó en Helofax29? La investigación

encontró que la tripulación ignoró las señales de advertencia. ¿Sucesos extraños y todo eso? ¿Y si eso está sucediendo aquí?

—Sin embargo, no estamos ignorando las cosas raras, quiero decir, estás aquí verificando las matemáticas —dijo Etta.

—Pero es este sentimiento lo que tengo. Como otra cosa. Es... bueno... extraterrestre. Fantasmal.

—¿Extraterrestre? ¿Quieres decir...?

Antes de que Etta pudiera terminar, fueron interrumpidas por la alarma de emergencia. El chillido de la sirena se reflejó en los ojos de Karen, muy abiertos por el miedo. Miró a Etta como diciendo "te lo dije". En cambio, escucharon la voz de Pierce por el intercomunicador, diciéndole a toda la tripulación que se dirigiera a la Cámara de Salida, y ambas salieron corriendo de sus asientos.

La escena era un caos. Heath estaba en un traje de andar gritando y pateando el suelo. Goldie había llegado al área antes que ellas y lo sostenía en el suelo por los hombros. Rebecca tenía el botiquín abierto en el suelo, buscando algo dentro. Pierce estaba al lado de Heath, desabrochando las correas para aflojar el traje. Rebecca miró hacia arriba para ver a Karen y Etta y les gritó que ayudaran a sujetarlo. Karen se lanzó al brazo izquierdo de Heath y se sentó en él. Etta se dirigió hacia sus piernas que pateaban y las mantuvo presionadas. Entonces lo vio, en su pantorrilla derecha: algo había atravesado el traje. Karen localizó la aguja que estaba buscando y Pierce abrió una parte del pecho del traje. Karen clavó la aguja y Heath dejó de inquietarse, el sedante lo puso a dormir.

—¿Qué diablos pasó? —chilló Karen.

Rebecca se humedeció los labios y respiró hondo. Estaba echando otro vistazo al maletín médico.

—Heath estaba recuperando las muestras, en su camino de regreso, un objeto extraño, probablemente escombros, atravesó su traje. No llegó a su piel, pero, por su aspecto, pasó a través de la mayoría de las capas. Aún pudo volver a entrar, pero comenzó a entrar en estado de shock en el momento en que cerramos las puertas.

Tomó unas tijeras pequeñas y cortó las capas de tela, pero antes de terminar Etta pudo ver que había un pequeño corte, apenas del tamaño de una uña, profundo en la piel. Lo había impactado y ahora había riesgo de exposición. El área alrededor del corte era de color negro azulado. Rebecca inyectó el sitio con otra aguja y se alejó.

—Tenemos que llevarlo al sector médico.

Goldie, Pierce y Karen levantaron a Heath y sacaron su cuerpo inerte. Rebecca agarró la maleta y los siguió. Etta los miró, arraigada en su lugar por la extraña sensación que la había invadido: se sentía como si estuviera observando la escena con dos pares de ojos. Un par era totalmente suyo, horrorizada ante la posibilidad de que Heath perdiera una extremidad. El otro par observó la escena con indiferencia de ver cómo se desarrollaba un experimento. Era un par de ojos que se sentían *extraterrestres*.

* * *

Etta no podía recordar cómo había llegado a la habitación de Heath o por qué estaba allí. Miró a su alrededor, notando las fotos que él había pegado en las paredes de su pequeño recinto. El conjunto recopilado de cartas y mazos de criaturas que guardaba en un pequeño estante. Siempre estaba tratando de conseguir que alguien jugara, pero hasta ahora no había convencido completamente a ninguno de los miembros del equipo para que jugara. Se centró en la imagen de Heath de niño sobre la entrada de su litera. En la foto, sus ojos aún estaban iluminados con inocente júbilo. El corte de cabello pasado de moda de su madre enmarcaba un rostro cálido y acogedor. Su hermana, la viva imagen de él, tenía la misma dulce sonrisa. Él debía tener alrededor de siete años en la foto. ¿Qué edad tenía ahora? Nunca había tenido la ocasión de preguntar.

Fue entonces cuando recordó que estaba allí para revisar la configuración preferida de su cama. Según Rebecca, tenían que hacer que Heath se sintiera lo más cómodo posible mientras se recuperaba. Y se recuperaría, ella les aseguró a todos, a pesar del roce y la exposición. Pero a pesar de todo eso, Etta tuvo una extraña sensación de un mal presentimiento.

Después de tomar las lecturas de preferencias, Etta regresó al centro médico. El espacio era poco más que un cuarto de tripulación un poco más grande, con cada centímetro dedicado a equipos médicos. El cuarto había sido reconfigurado para tener la cama en el centro, y completamente despojado de todo, Heath yacía dormido y sedado allí. Rebecca estaba escribiendo notas en una libreta a la derecha cuando entró Etta. Etta tecleó y volvió a configurar la cama, pero cuando se dio la vuelta para irse, Rebecca la detuvo.

—Quiero darte las gracias, Etta. —La cara de Rebecca estaba agotada y pálida. Su voz salió dolorida, como si se deslizara sobre fragmentos de vidrio.

—¿De qué? —respondió Etta.

—Por no, bueno, no contarles mi pequeña mentira piadosa. Sé que pudiste ver la lesión, pero realmente no quería que nadie más entrara en pánico. Ya teníamos a Heath en estado de shock, estaba tratando de mantener a todos tranquilos. —No podía mirar directamente a Etta.

Tomó sus dedos índice y medio y se frotó el ojo derecho. La lentitud del movimiento hablaba por sí sola: Rebecca se estaba rompiendo.

Etta asintió con la cabeza mientras esos ojos extraterrestres que ahora sentía pasaban por alto a Heath. Una voz que era de ella salió.

—¿Crees que va a estar bien? ¿De verdad?

—No sé. Creo que sí. Eso espero. Pero estaba a tres metros de la entrada cuando fue golpeado. Honestamente, no sé cómo regresó antes de congelarse, asfixiarse o ambas cosas. Afortunadamente, lo que sea que lo golpeó fue pequeño. —Se echó hacia atrás y se frotó el cuello. Sus ojos se deslizaron hacia Heath, y Etta pudo sentirlo, la carga que Rebecca asumía al ser su doctora en estos viajes. El terrible pensamiento de que no importa la causa, no importa el problema, nunca podrías permanecer libre de culpa.

—Estamos haciendo turnos para monitorear a Heath. El tuyo comenzará en dos horas, por favor vuelve aquí —dijo Rebecca con firmeza. Etta respondió asintiendo.

Goldie había traído las muestras que Heath había dejado cerca de la entrada y Pierce se había encerrado para analizarlas. Karen trabajaba en sus aposentos, estudiando detenidamente las figuras con una precisión más desesperante. Una ansiedad perpetua se había apoderado de la base, de modo que se llenó de un silencio inusual y espeluznante. Etta desconectó el silencio y se concentró en el zumbido bajo que todavía parecía escuchar mientras caminaba de regreso al centro médico a tiempo para su turno.

Rebecca levantó la vista de la pantalla al escuchar los pasos de Etta y le mostró una expresión herida y se levantó pesadamente de su asiento.

Etta rompió el silencio que siguió.

—¿Cómo está él?

—Sin cambios, excepto que parece tener una... La llamaré infección. Es mejor mantenerlo sedado. Envié los resultados a nuestro equipo médico más cercano en el satélite Oraxis y están revisando lo que he encontrado.

—¿Infección?

Rebecca frunció los labios y miró el cuerpo de Heath, una cosa parecida a un cadáver que respiraba lentamente.

—Sí. Pero es mejor no darle mucha importancia a esto. Creo que no le cortaremos la pierna, pero su cuerpo necesita descansar. Avísame de cualquier cambio. Voy a comer algo. ¿Necesitas algo antes de irme? —La sinceridad de la oferta no llegó a su rostro.

Etta negó con la cabeza y, con eso, Rebecca se arrastró fuera de la habitación.

Estaban solos. O mejor dicho, con Heath sedado en la cama, su pierna sujeta por un viejo cinturón de seguridad deshilachado que había sido reutilizado como torniquete, Etta estaba sola. Los monitores y las máquinas a las que Heath estaba conectado acentuaban el silencio con los latidos constantes de sus estadísticas. Incapaz de resistir su curiosidad, se acercó con la esperanza de ver su pierna herida, pero estaba bien atada y vendada.

Etta notó que Rebecca había bajado la configuración de la luz, probablemente para crear un estado más relajante, pero todo lo que hizo fue comenzar a adormecerla. Sospechaba que esa podía haber sido la razón por la que la tez clara de Heath estaba adquiriendo un tono púrpura azulado.

Etta se sentó y trató de matar el tiempo leyendo un viejo libro en su tableta, pero encontró que su mente estaba demasiado ansiosa para concentrarse. Se decidió por su antiguo pasatiempo y aclaró la configuración de las ventanas para contemplar el paisaje. La Luna Ciruela estaba actualmente en el ángulo correcto con respecto a la estrella del sistema, de modo que la vista que estaba viendo imitaba una puesta de sol. La luz se arrastraba por el horizonte. Etta soñaba despierta con caminar en esa arena, libre de todo lo que la retenía. Pronto sus ojos se cerraron y las máquinas zumbaron al ritmo del corazón de Heath.

Te quiere a ti.

Etta se despertó, pero quedó paralizada. Ni siquiera se había dado cuenta de que se había quedado dormida en el pequeño escritorio.

Te quiere a ti.

Su mente estaba despierta, pero su cuerpo estaba pegado a sí mismo. Esa voz vino de su lado, del cuerpo de Heath. Pero no fue él.

Te quiere a ti.

Finalmente, ella se movió, cada miembro tan pesado como una piedra, y se puso de pie. El cuerpo de Heath era el mismo, enyesado, inmóvil. Pero tenía los ojos y la boca abiertos. Etta se acercó a él y vio que sus máquinas estaban como antes, las estadísticas eran normales para un paciente sedado.

Te quiere a ti.

. . .

La voz graznó. Era Heath, sus labios se movían en espasmos lentos e inconexos. Cuando ella se acercó, pudo ver sus ojos. Pero no eran sus ojos. Esos ojos habían perdido todo su brillo y se habían vuelto lechosos. Solo había visto ojos así un puñado de veces antes. Eran los ojos de un cadáver.

Te quiere a ti.

Baba escapó de la boca de Heath.

—¿Heath? —Etta puso una mano sobre la suya con cautela. Quería calmarlo en caso de que esto fuera un síntoma de conmoción. O si la infección lo había cegado.

Él volvió la cabeza, lentamente. Etta juró que escuchó un crujido ante el movimiento. *Etta... te quiere a ti.* Atrás quedó esa voz con tono juvenil. Lo que salió fue rocoso, grava sobre acero.

—¿Heath? Heath, ¿puedes oírme? —La cosa de ojos blancos la miró—. ¿Quién? ¿Quién me quiere? —Sus labios se convirtieron en una delgada línea.

Te quiere. Te... te conoce. Tú lo sabes.

Etta levantó lentamente la mano, lista para hacer sonar la alarma. Esto era claramente algo que Rebecca necesitaba ver. Sin embargo, antes de llegar al botón de alarma, Heath se sentó derecho, rompiendo las ataduras. Él la agarró por la parte superior de los brazos con sus manos sorprendentemente fuertes. La apretó hasta que le dolió.

Ella trató de soltarse de su agarre, pero él la miró a los ojos.

Había algo oscuro que rezumaba de las comisuras de sus ojos, boca y nariz. Su mirada la petrificó y él acercó su rostro al suyo.

—¡Déjame ir! ¡Heath! ¡Para! —No quería dejar caer a un hombre herido al suelo tirándolo de la mesa, pero estaba asustada. Esta no era una "infección". Era más. Parecía poseído.

Él abrió la boca, salió más líquido viscoso y gritó:

—¡LLÉVAME AFUERA! ¡AHORA!

Etta gritó al verlo. La arrojó con una fuerza que Heath nunca había mostrado antes. Su cuerpo se estrelló y se derrumbó contra una pared. Adolorida, se las arregló para levantarse del suelo y activó la alarma de la pared mientras él salía disparado de la habitación, con un líquido púrpura negruzco saliendo de su herida. Etta se arrastró hasta la puerta para ver a Heath corriendo por el pasillo hacia las puertas de salida.

—¡Deténganlo! —gritó ella, sus costillas dolían con el movimiento.

Pierce salió de la nada y derribó a Heath al suelo.

Vieron con horror como las piernas de Heath se disolvían en un charco debajo de él, seguidas por su torso y brazos, fundiéndose en esa sustancia viscosa. Pierce rodó sobre el cuerpo derretido de Heath. Agarró a Heath, sus manos agarraron la carne que se estaba disolviendo y solo salieron con la espesa sustancia violeta. La cabeza de Heath miró a Pierce, con los lóbulos de las orejas goteando como cera derretida. Con la mandíbula deteriorándose, Heath tosió sus últimas palabras:

—Los llevará a todos... —Lo que una vez fue la cabeza de Heath se había convertido en una masa gelatinosa de color púrpura. Sus últimas sílabas salieron como burbujas del líquido.

No quedaría suficiente de su cuerpo para empacar y enviar por correo a sus padres.

* * *

Los ojos de Rebecca estaban inyectados en sangre. Nunca antes había perdido a un tripulante. La sola visión de él reducido a un charco de sustancia viscosa, su uniforme empapado de entrañas licuadas, la perseguiría para siempre. Pudo haber sido el fracaso lo que derribó a Rebecca. Ella había sido la que había localizado la infección y la asumió como benigna. Ahora no volvería a cometer ese error, a través de Pierce, ahora tenían una orden de cuarentena. Habían alertado a la base de patrulla más cercana y un equipo estaba en camino.

Era una orden de evacuación permanente, pero el transbordador tardaría cuatro días en llegar. Hasta entonces, todos tenían que quedarse quietos. Rebecca incluso llegó a usar un traje de materiales peligrosos para tratar la costilla fracturada de Etta. Su rostro pálido estaba teñido de verde debajo de la visera mientras trabajaba para ajustar el yeso y tratar la fractura.

No preguntó sobre el dolor o la incomodidad de Etta y Etta no ofreció tal retroalimentación. Rebecca ya había tomado muestras de sangre de la tripulación para evaluar si alguien más había sido infectado o expuesto. Pero incluso Rebecca confesó que no podía estar segura de que hubiera sido esa infección en particular la que lo había causado.

El nombre "Heath" se había prohibido en las conversaciones. Nadie quería recordar sus últimos momentos, su cuerpo se disolvió en nada más que jarabe derramado. Goldie, la única que tenía estómago para ello, se vio obligada en silencio a raspar sus restos del suelo.

Etta estaba nerviosa por toda la escena. Pierce observó desde la distancia mientras Goldie se encorvaba con un raspador y una cubeta. «Pierce debería estar haciendo eso», pensó, recordando cómo había sido él quien había tirado por completo a un Heath herido. La escena siguió repitiéndose en su mente. «Debería haber sido él», pensó una y otra vez, tratando de superponer el rostro de Pierce sobre el de Heath mientras se derretía.

Rebecca terminó de colocar las vendas de Etta. Con una dosis completa de analgésicos, envió a Etta a su camino. Debía volver con Rebecca después de que se despertara. Al regresar a su habitación, Etta se sintió incómoda por el inquietante ruido de la base. Por lo general, era silencioso, pero luego, como no se permitía que un alma estuviera a una distancia respiratoria de otra, el aire automatizado bombeado estaba más quieto de lo habitual. La estación era un pueblo fantasma, con gente acurrucada en sus lugares favoritos.

Había paz en el silencio, pero a Etta le molestaba lo suficiente como para alegrarse por las pastillas que rápidamente la pusieron a dormir. Mientras sus párpados se movían hacia abajo, tirados por la somnolencia artificial, se dio cuenta de que podía sentir ese zumbido poco convencional que parecía seguirla afuera. Ella tarareó junto con él, pero agregó algo nuevo. Ella deletreó su nombre en código Morse al ritmo.

Hubo un toque, allí en la oscuridad de un sueño sin sueños. Fue una brisa fantasma que le cruzó la frente. Instintivamente retrocedió. Etta no quería ser tocada por otra persona, o algo más, cuando no podía mover completamente su cuerpo. Sintió que el miedo aumentaba inconscientemente. Paralizada mientras dormía, no podía moverse de la cosa que la rozaba. La brisa retrocedió.

Etta podía oír algo, algo en ella que iba directamente a su oído interno. Era un ritmo lento y constante y, encima, su nombre en código Morse. Le pidió, no con palabras, sino con algo interno, algo tácito: ver adentro. Pidió conocerla, sentirla. Era un zarcillo, tentativamente pidiendo permiso.

Etta, al escuchar ese ritmo, supo cómo se desenrollaba

lentamente. No preguntó, pero hizo sus preguntas de puntillas. Etta se mostró a sí misma, mostró su vida con su madre. Le mostró sus hazañas cuando era niña, corriendo como loca en su patio trasero anhelando la libertad que aquellos atados por su mundo no podían sentir. Le mostró su escuela y las personas de las que se enamoraba y desenamoraba.

La cosa se hundió lentamente más profundamente, entrando en sus pensamientos y sus recuerdos. De mala gana vio los momentos en que las manos de Pierce vagaban por su cuerpo. Retrocedió ante la sensación de transgresión. Luego, después de algunos otros recuerdos agradables, de estar afuera, fue el recuerdo de la costilla de Etta aplastada por el impacto del empujón de Heath. Algo se movió sobre su piel, bajó por su clavícula, entre sus pechos y hasta la costilla vendada. Permaneció allí, un toque reconfortante e invisible.

Doce horas después, Etta se despertó y se estiró. No se había sentido tan bien descansada en los meses que había estado viajando. Entonces la golpeó, no tenía dolor en el pecho. Presa del pánico, con el temor de que su estiramiento convulsivo hubiera desarmado la costilla rota, y que no lo hubiera sentido por los analgésicos, Etta llamó a Rebecca.

Rebecca hizo que Etta se pusiera su traje de contención antes de verla en la pequeña clínica quince minutos después. Rebecca se mordió los labios con los resultados de ambos conjuntos de escaneos.

—Imposible —murmuró para sí misma mientras Etta yacía sobre la mesa.

—¿He hecho algo? —preguntó Etta, tratando de sentir cualquier dolor persistente. No había ninguno. Y de hecho, sentía un agradable cosquilleo alrededor de la herida. Etta se había despertado sintiéndose mejor que en los años que había aceptado este trabajo. Se sentía más llena, más fuerte de lo que se había sentido en mucho tiempo.

—Bueno —comenzó Rebecca—, yo... no sé qué pasó, pero esas fracturas se han ido.

—¿Qué?

—Deben haber sido más superficiales de lo que decían los exámenes. Pero estás completamente curada. Bien, necesito tomar una muestra. —Rebecca se puso al lado de Etta. Puso el brazo de Etta en una cámara de aislamiento junto con una hipodérmica llena, se colocó en los controles del brazo de la cámara y se preparó para inyectarla. La aguja se acercó a su antebrazo y Etta apretó instintivamente, solo para ver que la punta de la aguja se rompía contra su piel. Rebecca no trató de disimular su molestia mientras iniciaba con una nueva aguja. En este segundo intento, apenas había tocado la piel cuando la aguja se hizo añicos. Pero antes de que pudiera reiniciar todo el aparato por tercera vez, sonó la alarma.

La señal era del centro de comunicaciones. El mensaje que lo acompañaba presentaba nada más que un pesado y ronco "Ayuda" trepando por la estática.

Mientras se levantaban para dirigirse al centro de comunicaciones, Etta miró su brazo. Rebecca había roto la piel y se había formado una pequeña gota de sangre en la superficie. Era morada.

Una extraña calma se apoderó de Etta, que no se apresuró hacia el centro de mando como Rebecca, sino que simplemente la siguió a un ritmo pausado.

Etta se encontró con Goldie y Karen mientras se dirigían al otro lado de la base. Los ojos de Karen estaban inyectados en sangre, ya sea por la falta de descanso o por el llanto. Etta no podía distinguir completamente bajo los trajes de materiales peligrosos. Lo que pudo ver fue la forma en que Goldie se acercó y deslizó su mano en la de Karen. Fue un gesto cálido e íntimo, algo hecho entre dos personas que no solo se estaban calentando la cama la una para la otra. El pulgar de Karen pasó por el de Goldie. Juntas.

No había celos por Etta, solo el reconocimiento de que estaban allí la una para la otra en este escenario de pesadilla. Lo que sea que le sucediera a una de ellas, le pasaría a la otra.

Rebecca estaba golpeando la puerta del comunicador y gritando. El pánico se había apoderado de ella. Pierce estaba dentro y no abría. La alarma sonó una y otra vez, y las luces rojas de emergencia se encendieron en respuesta. Karen gritó su nombre y se volvió hacia el grupo.

—¡Puede que se haya desmayado! ¡Tenemos que entrar! —Rebecca no podía perder a otro tripulante.

Goldie se abrió paso a empujones y localizó el panel de una puerta lateral. La abrió y después de juguetear con un cable y un teclado durante un segundo, corrió hacia la puerta. Goldie presionó su peso sobre ella y comenzó a empujar, y la puerta se deslizó lentamente. Karen fue a su lado y juntas, mientras el metal chirriaba contra el metal, abrieron la puerta del centro de comunicaciones.

Rebecca corrió adentro tan pronto como la brecha fue lo suficientemente grande y gritó. El resto se apretó uno a la vez a través de la pequeña abertura para ver a Pierce. Estaba sentado en una silla cuando sucedió, con una mano en el panel de control y la punta de un dedo sobre el botón de alarma del panel. De alguna manera, había sido envuelto en cristal. Podían ver su cuerpo debajo de todo, su rostro congelado por el dolor, pero estaba distorsionado. La mandíbula estaba trastornada como una caricatura y hacia un lado. Sus ojos se salieron de sus órbitas.

Lo que sea que haya pasado, no fue amable. Había sido lo suficientemente lento para que él lo sintiera, para hacer sonar la alarma, pero no lo suficientemente lento como para haber escapado. El dolor estaba grabado debajo del cristal teñido de morado en cada articulación deforme, cada línea de su expresión.

Rebecca y Karen se sorprendieron al verlo. Goldie se aferró a Karen para darle algo de fuerza. Etta solo sintió un placer persistente, y el tirón de una sonrisa en sus labios que mantuvo moderada.

—¿Cómo? ¿Cómo... cómo cómo cómo cómo cómo? —Rebecca se había derrumbado en el suelo, con la voz rota. Dos de los tripulantes muertos.

—¿Podría ser la infección? —La voz cálida y profunda de Goldie lo atravesó todo.

—Sí... no. ¡No lo sé! —La voz de Rebecca era más angustiada debajo del traje de materiales peligrosos—. ¡Nunca había visto nada como esto! Está ahí y luego no lo está. Desaparece, reaparece. ¡Todos lo tenemos! ¡Todos VAMOS A MORIR!

Los sollozos de Karen cortaron el silencio. Goldie la abrazó con más fuerza y continuó:

—¿Y si hay una cura? ¿Algo para detener la propagación? Me refiero a que viene ese equipo, ¿no?

Una risa morbosa fue la primera respuesta de Rebecca, un sonido profundo y espantoso.

—¿Crees que nos van a curar? No. No no no no. ¡Vendrán aquí, nos pondrán en cuarentena y estudiarán cómo morimos! ¡Se mueve demasiado rápido para curarlo! —Y ella solo se rió, e hizo eco en las paredes metálicas de la base, reflejando una versión distorsionada.

Karen miró a Etta y luego a Rebecca. Enderezó la barbilla y la espalda.

—Encontraremos una manera, Rebecca. Nadie más ha mostrado síntomas.

—¡Es este lugar! ¿No ves? ¡Lo morado! ¡Es esta maldita

luna! ¡Está haciendo esto! ¡Nos está matando! Bueno, ¡a la mierda! ¡Me voy a ir colgando! —Con una expresión frenética y desesperada, Rebecca se abrió paso entre ellos hacia el pasillo y se dirigió al quemador.

Goldie y Karen corrieron tras ella. Etta hizo una pausa, sintiendo un zarcillo de algo que le hacía cosquillas en la oreja. Le estaba hablando, persuadiéndola y pidiéndole que la siguiera. Sus piernas se movieron solas, ayudadas por la persuasión de ello.

El "Quemador" era el eje central de cualquier estación. Era construido primero, desmontado al final y siempre realizado por un equipo de especialistas. A medida que la exploración espacial había atravesado galaxias, los humanos habían descubierto que la mejor fuente de energía, autónoma y duradera, era la nuclear. El "Quemador" era una centrífuga conectada a un reactor nuclear, y una vez que lo configurabas, se suponía que debías olvidarlo. Rebecca lo había recordado. La encontraron jugando con los controles de mantenimiento, murmurando para sí misma.

La voz de Karen era suave mientras se acercaba a ella.

—Rebecca, ¿qué estás haciendo?

—Todos vamos a morir de todos modos —dijo Rebecca entre sollozos, con las manos presionando cualquier botón con un abandono fortuito—. Me llevaré este lugar conmigo.

Un nervio golpeó a Etta. Ella estaba planeando volar la luna, su luna. *Su vida.* Tiró a Rebecca al suelo con una fuerza que no le era familiar. Goldie trató de empujarla, pero tanto ella como Karen lograron la hazaña, e incluso entonces, tuvieron que trabajar en ello durante más de unos segundos. Goldie había arañado a Etta en el proceso, pero en toda la conmoción nadie notó el extraño tono morado de su sangre de inmediato.

Rebecca lloró en el suelo.

—¿No ves? Lo tenemos. El equipo no viene a rescatarnos, vienen a contenernos. ¡Nos matarán aquí si somos demasiado contagiosos! ¡O nos estudiarán, como estúpidos animales! Lo armarán y lo venderán al mejor postor, ¿no lo ven? ¿No. Lo. Ven?

Una rabia fría se apoderó de Etta. Extraerían la luna y la usarían para hacer... qué. Lo sintió, hablándole en un idioma que no eran palabras. La Luna Ciruela era vida, no de la forma en que ellos sabían que era la vida, pero tenía sensibilidad. Quería adoptar a la tripulación, mejorar sus cuerpos, pero requería experimentación. Lo que realmente quería era detener la perforación. Ella podía sentirlo, el taladro carcomiendo a su lado. Mientras se rascaba el costado, su brazo se unió. La luna había preguntado. Etta fue quien dijo que sí.

—No dejaré que nos lastimes —dijo Etta con voz grave. No fue una voz humana la que graznó esa advertencia.

Los ojos de Rebecca se abrieron al ver en qué se había convertido Etta.

—No puedo vivir así —susurró ella.

Etta se volvió con el rostro de un tono violeta y miró a Karen y Goldie. Tenían las manos juntas, y la sangre de ellas olía tan roja, tan humana todavía.

—Váyanse.

—Etta... —dijo Karen, estudiando a su amiga. El rostro de Etta era violeta, y esos grandes ojos marrones ardían como una llama detrás de una amatista. Etta no era la mujer que conocía.

Etta miró a Rebecca, el proceso ya comenzaba. El rostro de Rebecca se retorció de miedo cuando un tono morado apareció en los bordes de su carne. Karen sabía que Rebecca estaba más allá de la salvación. Conteniendo un sollozo, dio un paso atrás y agarró a su compañera.

Goldie tiró de Karen a su habitación y arrancó un panel

lateral, sus manos trabajando hábilmente en un conjunto diferente de controles.

—Es verdad —fue todo lo que Karen dijo al darse cuenta de que sus literas funcionaban como cápsulas de escape.

—Tendremos suficiente aire y suministros para setenta y dos horas. El satélite más cercano está a noventa horas de aquí, pero el equipo puede estar en camino —dijo Goldie. Ella estaba enfocada en la supervivencia, en la necesidad cuando acertó en la secuencia de expulsión.

La pequeña cápsula se lanzó al espacio, desapareciendo en la oscuridad.

El llanto de Rebecca era incesante, doloroso. Etta se arrodilló y la tomó en sus brazos. Rebecca no quería ser parte de esta nueva vida, no quería ser un experimento científico y la luna no quería ser explotada. Consideró lo que estaba a punto de hacer con amabilidad. Sosteniéndola, podía sentirlo, la vida moviéndose a través de ella, moviéndose hacia Rebecca, cambiándola mientras dejaba escapar un último sollozo.

Cuando Etta se puso de pie, Rebecca era una estatua dolorida, hecha de piedra suave y morada, con la boca horrorizada en ese grito final. El dolor estaba ahí y desapareció en un momento.

Etta caminó por los pasillos, sola, despojándose su cuerpo de sus ropas mortales. Apagó la mayor parte de la energía para absorber el silencio. Se acercó a las puertas de salida. No se molestó en ponerse un traje: no lo necesitaba, ya que las puertas se abrieron con un chirrido y succionó el oxígeno. Caminó por el paisaje, tomó un respiro de no aire. Si tuviera olor, habría olido a plumeria. Sintió el frío en la cara, en las yemas de los dedos, pero fue un ligero escalofrío en lugar de una quemadura helada.

En todo esto se había olvidado del anillo de temperatura. Se lo quitó y lo colocó con cautela en la palma de su mano. Cerró el puño y aplastó la pequeña cosa plateada hasta convertirla en polvo. Lo dejó caer a la superficie de la Luna Ciruela, donde hizo una pequeña línea plateada en el suelo violeta sobre el que pasó.

Etta había cambiado. Su cuerpo había cambiado. Ella era la vida de una manera que no tenía nombre en el idioma de su antigua especie. Sus dedos de los pies desnudos se curvaron para sentir la arena.

Se volvió solo una vez para mirar la estación. Si vinieran a llevarse su luna, estaría lista. La luna sobreviviría y Etta con ella.

Estaban solos, ella y su nuevo hogar con el amanecer llegando a calentar la superficie. Cerrando los ojos, comenzó a tararear esa melodía que compartían, aunque nadie podía escucharla. Ella sonrió, sintiéndose libre.

MONSTRUM

ROJA

Lydia estaba demasiado metida en su cabeza para pensar en el hecho de que estaba perdida. Había estado repasando sus planes una y otra vez y ni siquiera se había dado cuenta, ya que se desvió del rumbo hacia lo que alguna vez pudo haber sido un camino (pero ya no era tanto), y cuando miró a su alrededor, se dio cuenta que nada en su entorno inmediato era reconocible. Todavía estaba deambulando por el pie de la montaña, aunque no tenía ni idea de dónde podría estar exactamente eso. Pero era mediodía, por lo que no estaba demasiado preocupada. Esta montaña estaba repleta de visitantes en este punto de la temporada y, a menudo, se había desviado antes, solo para encontrar el camino de regreso en una hora.

No, lo que le preocupaba era cómo podría empacar de alguna manera todos los dispositivos electrónicos que necesitaba para el trabajo en su maleta y luego lograr llevar una pila de tecnología de aspecto intrínsecamente sospechoso en el avión. Volar la ponía ansiosa y la idea de perder un día entero en el aire de un país a otro la molestaba de una manera que no podía articular. Ella no pudo decir que no. Al menos aquí, en estos bosques que había atravesado desde la infancia, podía dejar escapar algo de esa energía nerviosa.

Hacia el mediodía encontró una vieja zona de picnic con mesas decrépitas. Limpió un lugar en un banco con una servilleta y se sentó a comer cecina, fruta, arroz, tomates y pepinos. El área estaba tranquila, probablemente un sitio de picnic estatal antiguo que perdió fondos, atención o ambos. Lydia había buscado la soledad, pero la encontraba inquietante. Masticó un poco de cecina y miró su teléfono, no había señal. El silencio había parecido una gran perspectiva antes, cuando el camino había sido acosado por los universitarios en las vacaciones de primavera: los chicos hacían afirmaciones entre ellos y las gringas se tomaban *selfies*. Lydia era solo unos años mayor que ellos, pero no tenía el optimismo de la universidad. No, tenía algunos años más en la perpetua decepción. Eso la había envejecido.

Había tenido que volver a vivir con sus padres, sin saber qué hacer con su vida. Insegura de sí misma, de quién era y de lo que deseaba. Junto con esa incertidumbre, su madre le había encomendado recientemente que regresara a su país de nacimiento para cuidar de una abuela a la que solo había visto una vez cada media década. Lydia no quería ir. O, al menos, estaba infeliz ante la perspectiva de dejar la mínima certeza que tenía para ir a un lugar donde se sentía desconectada. Ella se burló especialmente de la idea de vivir entre un pueblo que la hacía sentir como una extranjera.

En la quietud del área de pícnic, Lydia ansiaba escuchar la molesta charla de los universitarios. Algo para ahogar el ruido de sus propias ansiedades. El área estaba inquietantemente silenciosa, sin incluso los cantos de los pájaros o el susurro de las hojas que acompañaban a las ardillas. Lydia cerró los ojos y se concentró en un esfuerzo por escuchar algo, cualquier cosa.

Al principio no hubo nada, pero después de unos

momentos inquietantes, captó algo que sonaba bastante lejos a su izquierda: ruidos rítmicos, como el golpe lento y constante de un tambor, aunque un tambor con un borde curiosamente metálico en su interior. Intrigada, limpió su mesa y caminó hacia el sonido. El bosque era tan denso que ella navegaba únicamente por su oído. A medida que se acercaba, podía decir que era metal golpeando algo. Quizás, pensó, estaba llegando a un área de reparación de senderos. Una vez había salido con un tipo que había hecho una pasantía en el servicio forestal y había tenido que construir un puente un verano. Recordar eso le trajo a la mente cómo su físico se había vuelto delgado y musculoso por la labor, y eso la llevó a buenos recuerdos de cuánto había disfrutado ella de ese cuerpo, particularmente al final de esa temporada de calor. Lydia se ruborizó con el recuerdo.

Llegó a un pequeño claro en un matorral. En el centro se alzaba una pequeña cabaña de madera, idílica y acogedora. Parecía fuera de lugar en medio de lo que se suponía que era un parque estatal. Delante de la cabaña había una pequeña fogata con un banco en el que podía imaginarse acurrucándose cuando el clima se volviera más fresco. De hecho, el área parecía una imagen que Lydia había visto una vez en una revista. Recordó haber pensado en el hermoso lugar al que quisiera escapar y, de hecho, recordó que acababa de pensar en él el otro día. Un retiro relajante, especialmente en comparación con el pequeño apartamento de su abuela en las afueras rurales de Santiago.

El pozo estaba humeante, las llamas que debieron haber estado allí antes se habían extinguido lo suficiente como para que la vista de Lydia estuviera algo oscurecida por una neblina persistente, acre con el olor a madera quemada.

A través de la niebla, vio la fuente del ruido que la había llevado allí: un hombre trabajaba en el extremo más alejado del claro, cortando un árbol. Lydia notó que parecía estar de pie de manera inestable. Un par de muletas descansaban contra un árbol cercano. Si bien esto tenía los ingredientes de una película de terror, Lydia se encontró acercándose a él de todos modos, atraída por el sonido del hacha golpeando la corteza.

Cuando ella estaba a solo unos metros de distancia, él se detuvo, se dio la vuelta y sonrió. A Lydia le sorprendieron las porciones dramáticas de su rostro notablemente distorsionado. Sus rasgos eran un poco demasiado grandes para su cráneo. Sus grandes ojos estaban acosados por cejas casi demasiado pobladas y tenía una sonrisa demasiado amplia que hacía poco para distraer la atención de su inmensa y bulbosa nariz. Lydia se humedeció los labios para sofocar la repentina sequedad. No era guapo; más bien, en muchos sentidos lo encontraba poco atractivo... quizás incluso feo. A pesar de esto, su rostro tenía una cualidad interesante, hasta el punto de que ella no quería apartar la mirada.

—*Hola señorita, ¿Qué haces aquí?* —dijo él.

Lydia le dio una de esas sonrisas que le daba a otras personas cuando intentaban hablarle en español. Podía entender y hablar algo, pero era con un acento gringo tan fuerte que no se sentía cómoda hablando. Esa era una de las principales razones por las que la enviaban a Chile, dijo su madre, *para practicar*.

Estaba realmente sorprendida de que él la reconociera como latina, considerando que la mayoría de la gente en esta parte del país pensaba que su piel morena significaba que era italiana. Ella podía decir por los tonos intensos de su voz que él también era latino. De hecho, por la cadencia de su discurso, estaba casi segura de que era chileno como ella.

—*Soy* perdida —dijo ella con acento forzado. Esperaba que él también hablara inglés.

—¿Perdida? —Levantó esas grandes cejas—. ¿Qué estás buscando?

Lydia se lamió los labios de nuevo y tímidamente juntó las rodillas. Parecía haber olvidado lo que había estado buscando.

La sonrisa de él era amable, pero había una sombra de algo más en ella. Fuera lo que fuera, no era depredadora ni cruel. Quizás era confianza. Él le preguntó si tenía teléfono y ella respondió que no tenía señal.

—Bueno, puedo intentar ver si mi teléfono satelital funciona. ¿Por qué no tomas asiento? —Hizo un gesto hacia el banco.

Caminó hacia él y se sentó. Usando sus muletas, el hombre se dirigió a la cabaña. El espacio frente al pozo de fuego todavía estaba cálido, pero no era incómodo para esta época del año. Distraídamente, ella revisó su teléfono de nuevo, solo para descubrir que había muerto buscando señal. Cuando miró hacia arriba, el fuego crepitaba de repente. Lydia podría haber jurado que habían sido cenizas hace solo un momento.

—El agua está un poco tibia, he traído una cerveza, si no te importa en su lugar. —Le ofreció ambas mientras se balanceaba sobre sus muletas. Lydia sabía, lógicamente, que debía tomar el agua, pero la condensación de la cerveza con el calor del fuego era demasiado tentadora. Ella tomó la cerveza, y cuando sus dedos la tocaron, un escalofrío la recorrió que terminó en la punta de los dedos de los pies. Respiró hondo, destapó la cerveza y tomó un largo sorbo de la botella. Tenía un sabor terroso, como grano que no se había fermentado completamente. Un poco dulce, pero ligero y lleno de sabor. Si cerraba los ojos, podía ver laderas frescas cubiertas de hierba en el aire diluido.

Él apoyó las muletas en el extremo del banco, se sentó a su lado y sacó una pequeña mochila negra. Abriendo la cremallera, sacó un viejo teléfono satelital de gran tamaño y trató de conectarlo.

Lydia sabía que debería alarmarsc. Que debería tener cierta

inquietud por estar aquí con este extraño. Sin embargo, el hombre de esta cabaña no parecía amenazador, y la singularidad del entorno la relajó. Algo estaba en el aire que la puso en paz.

—¿Qué te trae por aquí? —preguntó él, tratando de obtener una señal.

—Solo quería caminar. Vengo aquí desde que era joven — dijo ella, completamente consciente de lo cerca que estaban sus muslos.

Él se rascó la cabeza y movió el teléfono a otra parte.

—A nuestra gente siempre le han gustado las montañas.

—¿Nuestra...? ¿Cómo supo que soy...?

—¿De Sudamérica? —Sonrió con complicidad—. Está escrito en toda tú, desde cómo hablas hasta cómo te mueves.

Lydia abrió la boca con incredulidad y trató de disimularla con un largo trago de cerveza. Se distrajo tratando de leer la etiqueta, pero era irreconocible.

Después de algunos intentos más, el extraño colgó el teléfono, su ceja gruesa se inclinó sobre sus ojos.

—Está fuera. No hay señal. Eso va a ser malo para ti, ya que parece que va a llover.

—¿Llover? —Lydia miró hacia arriba. El pronóstico del tiempo había predicho cielos despejados durante todo el día, pero efectivamente, había una gran y amenazante nube de cúmulos rodando.

El extraño se levantó.

—Lo siento, no pude llamar a alguien por ti... ¿*Señorita*?

—Lydia.

—Lydia —enfatizó las vocales en su nombre mientras se lo repitió. Con una sonrisa casi lobuna, se volvió y se dirigió hacia su cabaña.

Mientras la sombra de la nube amenazadora oscurecía el claro a su alrededor, Lydia se sentó en el banco estupefacta. No podía recordar muy bien adónde se dirigía antes de escuchar el sonido del hacha; solo que cuando este desconocido dijo su nombre sintió un hormigueo en el interior de sus muslos.

Estaba atrapada en ese pensamiento cuando rugió un trueno y cayó la lluvia. Agarró su bolso y, corriendo hacia la cabaña, entró sin detenerse a tocar. La cabaña en sí era rústica, cálida y sorprendentemente espaciosa. Cualquier otro día, Lydia habría puesto la vista ante ella en las páginas del catálogo de una casa. Un interior que había planeado en su propia imaginación si tenía que adivinar.

El extraño estaba sentado en la cama. Vio sus botas cerca de la puerta, y lo observó mientras trabajaba para desabrocharse y quitarse lo que había debajo de esas supuestas cubiertas para los pies: pies y tobillos prostéticos.

Él ya se había desabrochado la mitad superior de su camisa. La miró y sonrió.

En el fondo de su mente, Lydia recordaba algo sobre un vuelo que tendría que hacer en unos días. De obligaciones con su familia. De una abuela enferma en algún lugar del sur, cuyo cuidado de alguna manera había sido puesto en el regazo de Lydia. De la necesidad de correr. De una soledad constante. De una chica completamente insegura de sí misma.

Esa mujer desapareció en un profundo receso. Su voz interior insegura estaba en silencio en el resplandor dorado de la habitación y de un extraño irresistible al que le faltaban pies. Quería acariciar las protuberancias en las puntas de sus pantorrillas. Quería hacer más.

—Estás goteando por todos mis pisos, Lydia —dijo el extraño mientras terminaba de desabotonar su camisa—. Quizás quieras cambiarte esa ropa antes de que te enfermes.

El aguacero repentino había convertido su camisa roja brillante en un granate oscuro. El deseo y una certeza sobrenatural la atravesaron. Ella lo miró a los ojos y se quitó la ropa húmeda y pegajosa. Se acercó y se unió a él en la cama.

Lydia había olvidado lo bueno que podía ser el contacto. O tal vez fue solo la forma en que él se movió y cómo la tocó lo que provocó esos sentimientos. Durante años, Lydia se enrojecía de nostalgia ante la mención de una cabaña, de un hacha o de cualquier cosa que careciera de pies. Cuando su hija la molestaba por su padre, Lydia no podía hacer nada más que sonrojarse. Tal fue el placer de la tarde.

Al atardecer, Lydia se encontró en un sendero en el camino de regreso a la entrada del parque, con la camisa al revés. Expulsada la energía nerviosa, esperaba ansiosa su estadía de un mes con su abuela. Sabía que habría una forma de conectarse consigo misma, con el país de su nacimiento. Aún mejor, podría haber más hombres en las montañas.

MANDÍBULAS

Yo era la cazadora cuando el mundo estaba oscuro. Cuando podías oler a los hombres, la comida, los cuerpos sin lavar por kilómetros. No hubo ningún desafío para encontrarlos, solos en un bosque, cazando en su propia cantera. Su carne y sudor provocando nuestras fosas nasales en el crepúsculo. Eran presa fácil. Mis hermanas y yo desgarrábamos la carne de los hombres después de la caza, sus cuerpos entumecidos por la picadura del veneno que les dimos, los músculos aún tensos por la picadura. Su sangre estaba caliente mientras se derramaba de nuestras bocas, deslizándose por nuestros cuellos, pechos y estómagos. Cuando el mundo estaba oscuro, comíamos bien y estábamos saciadas. Nuestros vientres nunca deseaban.[1]

Ahora soy vieja y comemos carroña. Los humanos fabricaron armas y, peor aún, fabricaron la luz que aleja la noche oscura. Nos hicieron más difícil el cazar. Nos cazan y nos llaman monstruos. Donde había hombres con armas y habilidad, se convertían en cazadores y nosotras moríamos como presa. Mis hermanas han muerto. Donde había cientas, ahora solo quedamos cuatro. Tomamos venganza cuando podemos, pero lo que valoramos ahora es la supervivencia. Después de una guerra tras otra, los hombres que quedan suelen ser frágiles. Saben a eso. Sabemos cuánto tiempo podemos pasar sin alimentarnos; ya no cazamos en la oscuridad. Ahora les pedimos a los moribundos que entreguen sus cuerpos. Si aceptan, hacemos la alimentación indolora, la muerte un sueño tranquilo con nuestro aguijón. La comida tiene un sabor seco, insatisfactorio y enfermizo. Estamos escondidas, pero hemos sobrevivido.

No tenemos nombre para lo que somos en la lengua humana, pero nos conocemos a nosotras mismas. La diosa de ocho extremidades nos dio vida hace milenios. Lo que era antes no lo recuerdo, esos recuerdos son el polvo que cubre una telaraña. Pienso poco en los ayeres, pero marco mi tiempo por cuando nos alimentamos. Cada hora es esclava de la comida que debe seguir.

Eso es lo que hace que el día de hoy sea emocionante. Hoy es día de alimentación y han pasado siete lunas llenas desde la última vez que comimos. Podemos seguir más tiempo, pero no mucho. Después del trabajo, iré con mis hermanas y nos alimentaremos. Mi vientre dejará de doler por un corto tiempo. Pienso en esto mientras me subo al autobús para ir al trabajo y me hace sonreír. Un hombre sentado frente a mí toma mi sonrisa como una invitación y en un semáforo cambia su asiento al mío.

Tiene unos cuarenta años, pero yo parezco más joven que él a pesar de ser mucho mayor. Mi cuerpo siempre ha sido el señuelo. Se inclina y el olor a cigarrillos asalta mis sentidos. De todas las cosas que los humanos han hecho (la bomba atómica, las herramientas de los hombres), los cigarrillos se encuentran entre las peores. Estropea la carne. Se inclina y extiende una mano.

—Mitch Huxby, un placer. —Sonríe y su respiración es peor que su traje.

La gente está mirando. Tomo su mano.

—Claire.

Asiento cortésmente y aparto la mirada, esperando que él lea que no quiero tener nada que ver con carne en mal estado. En cambio, preferiría soñar despierta con lo que podría ser la comida de esta noche. Pero él es implacable en su charla. Me habla de su trabajo como vendedor de automóviles de primer nivel. Pasan unas cuantas paradas más y todavía tiene la impresión de que estoy interesada. Llegamos a la Décima Avenida y, como un reloj, mi compañero de trabajo, Phillip, se sube al autobús. A menudo nos sentamos en silencio uno frente al otro las mañanas cuando tomamos el mismo autobús. Hoy siente mi molestia y la creciente desesperación de Mitch por mi atención.

Phillip me involucra en una conversación ligera y orientada a la oficina y deja fuera a Mitch por completo. Puedo decir que esto irrita inmensamente a Mitch, que este hombre pequeño con gafas y cabello ralo llama mi atención lejos de él. Este Mitch ha estado en la guerra, puedo olerlo debajo de los cigarrillos. No está acostumbrado a ser superado por los pequeños y su furia es aceptable.

Nuestro autobús hace su parada cerca de la oficina y desembarcamos. Antes de irme, Mitch me arenga por alguna forma de llamar. En cambio, le agradezco su compañía y me marcho. Es demasiado molesto para arriesgarse como presa. Pero si me rastrea, dejémoslo que intente encontrarme. Deja que me atrape en la oscuridad, donde pueda picarlo. Luego lavaré su cuerpo del tabaco y le quitaré la piel capa por capa. Tal vez lo pique solo con mi mano derecha, quedará paralizado pero aún sentirá mis uñas tallar su piel. Pero no soy tan cruel. No soy de las que juegan con su comida.

En la corta caminata hacia el trabajo, Phillip se vuelve hacia mí.

—Dios mío, Claire, lamento que ese aburrido te haya molestado.

—Bueno, Phillip, gracias por ayudar. —Mi educada sonrisa empuja mis grandes lentes hacia arriba. Fue bastante fortuito que los humanos inventaran algo así, las de mi especie tienen mala vista diurna.

—Oh, no hay problema, no hay problema en absoluto. ¡Uno pensaría que un hombre captaría una indirecta en esta época! —Me sostiene la puerta abierta mientras entramos en el edificio en el que trabajamos.

—Oh, en mi experiencia, se necesitará más que modernidad para cambiar a los hombres —digo. Phillip me mira como si hubiera herido sus sentimientos. No es malo para un humano. Su cuerpo delgado sería una comida miserable para mis hermanas y para mí, pero es entretenido y bastante amable. No me mira lascivamente como lo hacen los otros hombres, sino que me mira con ojos aparentemente cautelosos incluso cuando solo estamos bromeando, como si sospechara que hay una criatura violenta escondida bajo mi amabilidad profesional. Me gusta eso, porque la *hay*.

Nos separamos cuando se abren las puertas del ascensor. Él va a la oficina del secretario y yo me dirijo a mi escritorio de mecanógrafo. El trabajo es lento, fácil, pero mi mente está en la próxima comida. En un momento casi babeo en un borrador de contrato. Alrededor de la hora del almuerzo, Phillip me invita a salir después del trabajo con todos para ver un trío de jazz y tomar unas copas. Lo rechazo cortésmente, después de todo tengo una cena familiar. Nunca actúa ofendido por mis rechazos, pero supongo que, después de tantos, los espera.

Después del trabajo, regreso al pequeño apartamento que comparto con mis hermanas. Dorothy y Helen ya están en casa y esperamos a Betty. Estos no son nuestros verdaderos nombres, pero funcionan por ahora. Helen es la mayor: tiene un equilibrio singular en sus movimientos que solo proviene de años de refinamiento. Cuando solíamos cazar, su figura escultural y su voz profunda y seductora hacían maravillosos señuelos. La vanidad de Helen nos ayudó a sostenernos entonces, y ahora lo hace de nuevas formas. La policía hace pocas preguntas cuando miran fijamente esos ojos alargados enmarcados en un peinado de Veronica Lake.

Dorothy, más que cualquiera de nosotras, se ha enamorado del arte de la humanidad. Incluso tiene algunos a los que llama *amigos* con los que juguetea algunas noches. A veces llora cuando mueren. Ella fue quien nos obligó a conseguir una televisión, frente a la cual está sentada actualmente, riendo estridentemente de un programa. A Dorothy no le gustaba ninguna comida al principio, ya que se ha acercado demasiado al ganado, pero la obligamos a participar. Debe comer o morirá. De todos nosotras, ella es la más sencilla, pero al menos nos ayuda a mantener las apariencias con su conocimiento. Ella ha elegido nuestros nombres, peinados y ropa para nosotras durante los últimos cientos de años.

Betty finalmente llega a casa de su trabajo en el hospital. Ella es la más pequeña, menuda y querubín, con perfectos rizos rubios. Durante años ella confió en nosotras, no teniendo estómago para la caza. No se me escapa la ironía de que actualmente la necesitamos para conseguir la comida. Betty adquirió un oficio en la enfermería, por lo que puede encontrar una fuente de alimentos adecuada: los que no solo están muriendo sino que están dispuestos a irse en silencio. Deben estar sufriendo desesperadamente para estar de acuerdo. La comida no puede tener familia que haga demasiadas preguntas.

Todas intentamos ser enfermeras, para facilitar el marcado de una comida. Pero el olor a sangre saca a relucir nuestra verdadera naturaleza. Solo Betty, con su instinto depredador dominado, puede contenerse. Es posible que Dorothy se haya enamorado del concepto de humanidad, de sus juguetes e inventos y, a veces, de la gente, pero Betty en realidad *siente* algo por los humanos. A veces eso me repugna. A veces, lo admito, me produce un extraño dolor en el pecho.

—Hola pandilla —dice Betty, corriendo hacia el fregadero para lavarse las manos, con una sonrisa en su rostro completamente maquillado.

—Bueno... —dice Helen, levantando la vista de su lima de uñas. Las está perfeccionando hasta convertirlas en puntas de navaja, algo que no está de moda, solo para hacerlas sentir más... naturales—. ¿Nos vamos?

—Sí, en un minuto. El cambio de guardia ocurre a las seis y media. —Betty se deja caer ante un espejo para arreglarse el cabello—. Déjame ir a cambiarme. Un paciente vomitó y me cayó un poco en la falda.

Todas hacemos una mueca y nos impacientamos cada vez más hasta que ella regresa. Cuando Betty regresa con nosotras, completamente vestida con un uniforme nuevo, nos dirigimos hacia el hospital. Los humanos están en vigor esta noche, dando vueltas de restaurante a bar y a hotel. Nos aferramos a las sombras que hay, cada vez más hambrientas; eso es, hasta llegar a la zona de alimentación.

Como Betty había prometido, solo vemos unos pocos guardias de servicio y ninguno en esta sala. Una sonrisa de Helen y una mirada al uniforme de Betty mantienen a raya a quienquiera que esté aquí. Betty nos lleva por el pasillo hasta la habitación 423. Hay una cama solitaria allí y un hombre durmiendo en ella. Está raído, amarillento y no debe tener más de sesenta años. Debe haber estado en la primera gran guerra. Puedo oler eso en él, la pólvora y el gas de esa época.

Betty le pone una mano en el hombro para despertarlo

suavemente. El movimiento es siempre... extraño para mí. He visto a Betty hacerlo antes, y he visto a humanos tocarse unos a otros de esa manera, pero no es algo que los de mi clase hagan de forma natural.

El hombre se despierta sobresaltado. Pero al ver a mi hermana, su expresión cambia a una de calidez.

—Betty, mi chica. ¿Por fin has venido a cumplir tu promesa?

Ella sonríe y pasa una mano por su cabello ralo, como si fuera un antiguo amante.

—Sí, Jeffrey. Justo como lo prometí. ¿Estás seguro de que todavía quieres seguir adelante? —Su pulgar frota su sien.

Jeffrey toma su mano con una de las suyas.

—Sí, estoy seguro. Estoy cansado y cada día es peor que el anterior. Estoy sufriendo. Quiero ver a Margaret en el cielo, a ella nunca le gustó que llegara tarde, ¿sabes? Dijiste que sería indoloro.

—Sí. —Betty traga algo.

—Entonces es hora de que me vaya. Me alegro de que sea un ángel que me envía en mi camino. —Sus labios besan la mano de mi hermana.

Betty no está disgustada. En cambio, ella le dice que cierre los ojos y canta suavemente una melodía popular. Su voz tiene un tono agradable, mientras tararea y canta:

—Este hermoso día se ha ido volando, ha llegado el momento de separarse... —Ella pone una toalla sobre sus ojos como un sudario y flexiona las manos. De sus muñecas saltan sus aguijones, puntas rojas y goteando veneno. Ella toma su rostro con ambas manos, los pulgares acariciando sus mejillas, aún cantando esa melodía, y sus aguijones encuentran su marca a cada lado de su cuello.

En unos momentos está paralizado e insensible a todo. Aún puede oírnos, pero Betty sigue cantando para distraerlo. Lo desnudamos. Como la mayor, Helen tiene el privilegio de extraer la primera sangre. Mirando el cuerpo marchito, Helen levanta la uña afilada de su dedo índice y traza una línea desde el cuello hasta la pelvis, dividiendo el cuerpo en dos.

El olor a sangre nos golpea y dejamos que nuestros cuerpos respondan sin protestar. El hambre abre lo que está oculto: mis dientes se alargan, arrastrándose hasta salir de mis encías. Mi quijada se desquicia y desde el fondo de mi garganta mis mandíbulas, como las de los insectos, se despliegan, abriéndose paso fuera de mi cráneo. La singular sensación de liberación es placentera.

Ahora podemos hablar nuestro idioma, parloteando unas a otras. Las bocas humanas son demasiado carnosas para transmitir algo con elegancia. Cada una de nosotras toma una sección del cuerpo y comenzamos a tallar en la comida. Betty toma la parte de arriba a la derecha, Helen la de arriba a la izquierda, Dorothy la de abajo a la izquierda y yo la de abajo a la derecha. Su piel es parecida al papel, quebradiza y cetrina, pero el hambre se apodera de nosotras. Sacamos los intestinos, los favoritos de Dorothy, y sorbemos porciones como si fueran espaguetis humanos. Betty nos dice que no tomemos el hígado, porque eso es lo que lo estaba matando. Sus pulmones son pequeños y débiles; comemos alrededor de los extremos ennegrecidos. A Betty se le da el corazón, que es su favorito. Ella separa cada cámara con las yemas de los dedos y sus mandíbulas de insecto introducen las porciones en su boca.

La velada termina cuando hayamos pulido la mayor parte de los huesos. La cabeza queda casi intacta, a excepción de la mejilla, que Helen mordisquea. No la culpamos. La mejilla humana es muy suave. Atamos lo que queda en una sábana y nos dirigimos al incinerador ahora que nuestros cuerpos están disfrazados una vez más. Helen distrae al último enfermero mientras quemamos los últimos rastros de nuestra alimentación.

A pesar de haber comido no me siento satisfecha. Mis hermanas se dirigen a casa, pero yo decido dar un paseo en la oscuridad. Cuando el mundo era joven, nos dábamos un festín con los guerreros. Ahora comemos a los enfermos y no llena el estómago. La ciudad se ha calmado, las calles se están vaciando. Sin embargo, a pesar de las multitudes que se dispersan, tengo la sensación de que me siguen. Ha pasado una hora y he estado deambulando cerca de donde trabajo cuando huelo algo familiar. Los cigarrillos golpean mis sentidos primero.

—¡Claire! —El cuerpo borracho de Mitch está en mi mira un momento después. Apesta a alcohol encima del tabaco químico. Debe vivir cerca y vaga por la calle en busca de una humana desprevenida para aparearse. Esta es una presa—. ¿Qué hace una mujer hermosa como tú fuera tan tarde?

—Oh, estaba de camino a casa. —Mi estómago gruñe antes de que pueda detenerlo.

Este humano borracho coloca su brazo sudoroso sobre mi hombro.

—Bueno, ¡qué buena suerte! Déjame llevarte a casa. No quisiera que un idiota encontrara a una pequeña y elegante mujer como tú.

Mi voz baja:

—Es muy amable de tu parte, Mitch. —Esto es peligroso, pero todavía tengo hambre. Que un humano haga esto, solo está pidiendo que lo coman. El cordero que se ha ido él mismo al matadero.

Su olor me repugna. Pero a pesar de la colonia barata y el alcohol incluso más barato, sigue siendo lo suficientemente viril como para que la carne no sea aburrida al paladar. Con cada paso se vuelve más atrevido, con sus palabras y con sus manos. Este humano lo ha hecho casi demasiado fácil. Nos acercamos a mi edificio y lo atraigo a un callejón lateral. Me pregunto si debería llevarlo al apartamento y compartir esta recompensa con mis hermanas. Pero con solo un par de horas de noche restantes, volvió mi apetito voraz y no deseo ensuciar nuestra casa con su olor, resuelvo llevarles las sobras.

Mitch me empuja contra una pared, su lengua descoordinada se unta en mi cuello. Me tomo un momento para calmar las náuseas. Mientras está distraído, flexiono mis manos para revelar mis aguijones, pero empuja mis brazos hacia la pared, sin notar las armas justo encima de sus dedos. Aunque soy más fuerte, esto me toma por sorpresa mientras babea por todo mi cuerpo. No importa, lo empujo hacia atrás y lo tiro al pavimento. Sus manos se han resbalado y están sangrando, y el olor hace surgir mis dientes y mandíbulas de insecto. Su rostro no registra de inmediato el peligro en el que se encuentra. Ahora que me ha visto, no lo dejaré vivir.

La oscuridad puede disfrazarme, pero fue el olor de Mitch lo que me distrajo. Mis oídos captan pasos, vacilantes y hábiles. Hay otro. Alguien nos ha seguido. Este es un compañero depredador que busca una oportunidad para atacar. Han pasado demasiados años desde que cacé, y especialmente muchos más desde que cacé sola. Ha pasado una generación desde que fui cazada. Un humano borracho sería muy fácil, pero un segundo, completamente agudo, sería un problema.

Primero sacrifica al cerdo más cercano. Los ojos muy abiertos de Mitch delatan su sorpresa, y cuando los hombres están en shock, no piensan en cómo sobrevivir. Bien. Salto encima de él. Sus manos empujan desesperadamente mis hombros, pero tomo el aguijón de mi mano derecha y se lo meto en el costado. Puedo sentir el veneno bombeando por mis venas hasta el aguijón puntiagudo y dentro de él. Se paraliza, pero me cuesta detenerme. La sensación de que mi cuerpo funciona como está hecho es tan estimulante que cometo un error. Me he olvidado por completo del otro depredador.

El calor me golpea primero. La otra sombra ha preparado

una especie de artilugio de llamas. Debe ser un cazador, ahora estoy segura. Solo un cazador sabría disfrazarse en olor y sonido. Solo ellos sabrían cómo nos enferma el calor vivo. El fuego ilumina el callejón y veo su silueta más allá, pero sin rasgos. Hago lo único que puedo, corro.

Mis hermanas están dormidas cuando llego. El aire está denso con el olor de su saciedad y no puedo obligarme a arruinar su sueño. Mañana les hablaré del cazador y de mi escape difícil. Ningún cazador se atrevería a entrar en un nido con nosotras cuatro.

A la mañana siguiente, me resulta difícil seguir mis rutinas. Me había despertado temprano para ver si podía terminar lo que comencé con Mitch, pero su cuerpo se ha ido. Mitch es ahora un hilo suelto, y eso significa peligro para nosotras. Sin embargo, todavía no hay antorchas ni horquillas encendidas, por lo que es posible que tengamos algo de tiempo.

Aplicar mi lápiz labial requiere siete intentos. Cuando recuerdo el fuego y el cazador, mis glándulas sudoríparas se ponen alerta. Me cambio de un vestido a otro. La última vez que tuvimos un cazador fue antes de la luz eléctrica, antes de estas ciudades. El cazador mató a tres de mis hermanas antes de que pudiéramos matarlo. Este es un nuevo entorno, con nuevos olores. Nos hemos convertido en presas débiles y fáciles, y he llevado al cazador hasta nuestra puerta. Es un gran peso, pero mis labios no pueden moverse para decírselos todavía.

Mi consuelo es que un cazador no nos atacará al aire libre, cerca de la gente. Las víctimas incidentales ofrecen cierto desaliento. Nos dirigimos a nuestros trabajos en direcciones opuestas. Tomo el autobús, escribo las notas garabateadas que me dan y regreso a casa. En el camino de regreso estoy alerta, saltando a cada sombra, a cada olor distinto. No me llama tanto el hambre como el miedo a que el cazador me pille en un momento de descuido, que me pique y tome mi cuerpo como trofeo.

Hay un incendio en uno de los edificios cercanos, una fábrica fuera de servicio. El humo teñido de químicos me pica los ojos y me quema las fosas nasales cuando paso. Nuestro apartamento está a favor del viento, por lo que nuestro sentido del olfato se verá comprometido.

Dorothy se encuentra conmigo al pie de las escaleras. Sin idea de que el cazador nos persigue, se concentra alegremente en lo frívolo. Me cuenta todo sobre algún tema de su trabajo, algunas noticias sobre una estrella de cine y otras tonterías hasta que llegamos a la puerta principal del apartamento. Lo olemos antes de alcanzarlo. Sangre. Nos mantenemos unidas el tiempo suficiente para ver que el picaporte está roto. Nuestras miradas se encuentran y lo que hay que hacer no se dice. Estamos cayendo en una trampa. Con precaución, empujamos la puerta para abrirla y el olor a sangre nos golpea, desencadenando algo profundo y primario. No podemos negar nuestra naturaleza a medida que nuestros dientes se alargan y las mandíbulas se despliegan en respuesta. Nuestros aguijones están afuera mientras caminamos hacia adentro.

Las ventanas superiores están abiertas, trayendo humo. No es suficiente con cegarnos, solo embotar nuestra vista y sentido del olfato. Hay una olla en la estufa que rara vez se usa y está hirviendo con sangre. Instamos a probarla, pero podría estar envenenada. Le señalo esto a Dorothy en nuestro idioma antes de que tenga la oportunidad de meter un dedo.

Unos pasos después lo vemos. El cuerpo de Mitch ha sido colgado en una puerta. El cuerpo está cortado a lo largo de las venas y la sangre gotea de cada laceración y se acumula en el suelo. El aire está denso con su olor, pero también tiene otros aromas que distraen y nauseabundan: cigarrillos, menta, alcohol, alcanfor. El cazador ha cubierto bien sus huellas. De inmediato me sobrecoge la necesidad de desgarrar el cuerpo, pero ha estado muerto demasiado tiempo. Los muertos nos enferman y el cuerpo es una clara trampa. Derribamos lo que queda de este hombre y lo tiramos a un lado como si fuera basura.

Helen entra y hablamos tranquilamente en nuestro idioma. Se une a Dorothy y a mí frente a la puerta. Ninguna de nosotras puede oler al cazador. El propio Mitch fue colgado sobre la habitación de Betty, y decidimos violar su confianza y entrar.

He visto muchas cosas. He visto el cadáver quemado por el sol de un caballo de guerra consumido por niños hambrientos. He visto mujeres arrojar bebés bastardos a sus padres, quienes procedieron a lanzarlos por diversión. He visto a mis hermanas decapitadas, colgadas, descuartizadas, quemadas. He visto a personas hacer cosas con los cuerpos que los de mi especie nunca harían, no por supervivencia, sino por gozo. Los he visto usar a los vivos no para comer, sino por el placer del dolor.

Lo que veo ahora me persigue más. Betty fue la primera víctima del cazador. Su cabeza está colocada con cautela sobre una almohada encima de las mantas de su cama, sus rizos dorados aún intactos. El cazador ha mantenido sus ojos abiertos, pero más allá de eso, le ha arrancado los aguijones y las mandíbulas y se los ha hundido en los lados de la cabeza, el veneno y su propia sangre goteando y manchando su cabello. Su cuerpo ha sido desmembrado y tiene quemaduras en la carne. Esta cosa torturó a mi hermana antes de matarla.

Junto a su cama sobre una mesita de noche, le ha clavado los brazos a la pared. En esa pared había pegado fotos de hombres, y me toma un momento darme cuenta de que esos hombres eran nuestras comidas pasadas. Betty ha conmemorado a cada hombre que nos dio su cuerpo desde que comenzó a trabajar como enfermera. Nunca antes había estado aquí, no lo sabía, no me importaba saber cuánto sentía por ellos. Su corazón, que ahora cuelga de una cuerda hecha con sus tendones del techo, tenía debilidad por aquellos que se sacrificaban. Les dio una buena muerte, nos proporcionó comidas constantes. Y yo fui ingrata, quejándome de la calidad de la comida.

Betty. La más pequeña. Betty, que era Ester, que era Jane, que tenía cien nombres antes y que era su verdadero nombre. Mi hermana más pequeña con el corazón más bondadoso. De cualquiera de nosotras, ella podría haber vivido con los humanos.

Encontraré a este cazador. Le mostraré dolor.

Los chillidos y el pánico de Dorothy casi nos distraen de escuchar los sonidos de pisadas que vienen de la dirección de su habitación. Damos la vuelta y caminamos con tranquilos pasos depredadores hacia el otro extremo del apartamento. Lo olemos: primero el alcohol, luego el humo. Empaparon una toalla y la metieron debajo de la puerta principal. Oímos otro ruido y seguimos moviéndonos. La puerta de Dorothy está cerrada, pero Helen la abre y vemos que está llena de una bruma. La cama está en llamas, ennegrecida con los récords de premios de Dorothy que se han amontonado encima, derritiéndose y provocando vapores plásticos. Nos quema los ojos y la nariz. No lo vemos venir con el hacha en medio del humo y las llamas.

Helen chilla en mi oído. Le ha cortado el brazo izquierdo. El sonido de ella es ensordecedor, pero debemos retirarnos. Saco a ella y a Dorothy al aire un poco más limpio. El humo nos ciega y no podemos sentir al cazador mientras nos acecha. Entramos al baño e intentamos abrir la gran ventana de escape. Se ha cerrado con clavos. Nos salpicamos la cara con agua y empapamos toallas de mano. Nuestras mandíbulas de insecto las acercan a nuestros rostros.

Helen usa el brazo que le queda para detener la hemorragia. Envuelvo una toalla alrededor de mi hermana mayor. Haré que el hombre se coma su propio hígado.

Abrimos la puerta del baño, las toallas de mano actúan como nuestra protección contra el humo. Lo vemos, aunque medio ciegas, en la puerta principal, prendiendo fuego a la toalla. Junto a él hay un gran aparato tanque. Se pone de pie para mirarnos. Se atreve a mirarme a los ojos. Conozco esos ojos. Conozco esa cara y ese cuerpo delgado. *Phillip*. Ese diablillo de oficina que venía a ofrecerme la mitad de su sándwich en el trabajo durante los almuerzos. El hombre pequeño que se interesaba activamente por mi vida, por mis hermanas. Que mantenía la distancia, pero de alguna manera siempre tenía preguntas. Lo tomé por casi un amigo entre las bestias de esta ciudad. En cambio, era un cazador todo el tiempo.

Lo exterminaré.

El fuego se enciende y se pone una máscara en la cara para esconderse de los humos. Tiene la resolución tranquila de un depredador, pero yo estoy llena de rabia. He cazado por necesidad, para alimentar el hambre. Cuando hemos matado en las últimas décadas, ha sido por necesidad y por voluntad. Mi existencia ha sido definida por el hambre o la alimentación. Ahora solo conozco la venganza.

Se lanza hacia nosotros, las llamas brotan del tanque que tiene. Dorothy va hacia su izquierda pero él la quema de la falda. Ella se derrumba en el suelo para apagarla. Helen se dirige a su derecha mientras él está concentrado en Dorothy, pero sus llamas atrapan su costado y casi me atacan a mí también.

Gira hacia mí y su puntería es acertada, quemando mi muslo. Pero mi rabia nubla el dolor punzante. El humo enmascara el olor de mi propia carne quemada cuando me acerco a él.

Lo miro a los ojos y soy demasiado rápida para que se dé cuenta, el aguijón de mi mano derecha le atraviesa la ingle.

Él para. Incapaz de moverse o pararse, se derrumba en el suelo. Está paralizado, una mosca pegada a una telaraña. Podemos verlo en su rostro, la lucha por moverse. El pánico. Ojos que me suplican por la familiaridad que teníamos. Pero esta criatura mutiló a mi familia. Cazó a los de nuestra especie. Independientemente de los horrores para los que se sienta preparado, estoy segura de que no espera que llegue el dolor.

Arreglamos el apartamento del humo, y Dorothy mantiene alejados a los bomberos, convenciéndoles de que investiguen un apartamento de la planta baja. Tuvimos suerte de que estuvieran preocupados por el fuego calle arriba antes que aquí. En ese momento, Phillip yace inmóvil en el suelo, mirándonos realizar lo mundano. Nos mira mientras juntamos a nuestra hermana para conmemorarla y curar nuestras heridas. Sus ojos, todavía capaces de girar un poco, son testigos de cómo descartamos a Mitch y barremos las cenizas.

Cuando se ha hecho tarde, nos sentamos en el suelo a su alrededor. Por primera vez en mi vida, usamos nuestras habilidades no solo para alimentar, aunque sí lo hacemos, sino también para torturar. Lo mantenemos vivo durante días, mordiendo su carne. Pieza a pieza, un dedo, una pierna, un riñón. Nos burlamos de él, pelando la piel y luego cenando en ella. Lo humillamos, enjuagándole las entrañas en la cara, abofeteándolo con sus propios genitales. Haremos esto hasta que finalmente muera. Haremos todo esto y nos reiremos.

Yo he cazado. Nunca he sido un monstruo. Hasta ahora.

EL BURDEL WEST HAMBERLINE ABRE A LAS CINCO

Pasadas las cuatro de la tarde puedes ver que se encienden las luces de neón del distrito rojo. Las luces se encienden una a una hasta que a las siete están todas encendidas. Las leyes de zonificación locales prohíben que los burdeles abran completamente antes de las tres, pero eso no impide que la mayoría de las personas operen durante el horario comercial diurno, simplemente no lo anuncian.

El distrito rojo es un caos de edificios desiguales. Los bares y burdeles incluyen moteles renovados, elegantes rascacielos, casas residenciales convertidas, una tienda de abarrotes destruida, dos almacenes, un centro comercial extraño y una única mansión anacrónica. Esa mansión, West Hamberline Evening House, era la más peculiar de las atracciones de la ciudad. Por un lado, era un hito histórico, registrado en la sociedad de preservación y que (formalmente) aparecía en los folletos de la ciudad como algo "que se debe visitar". Por otro lado, cumplía el propósito claramente moderno de ser un burdel androide.

Muchos de los residentes más mojigatos de la ciudad

lamentaron el día en que Katherine "Kitty" Cross heredó la propiedad de su tío favorito. Una programadora de inteligencia artificial independiente hasta ese momento, Kitty adoptó el alias de Madame Lane cuando se hizo cargo de W.H. (como lo llamaban cariñosamente sus clientes habituales). Madame Lane estaba comprometida con el papel, vistiéndose para el trabajo con vestidos de noche o túnicas de seda estilo kimono salpicadas con elegantes tacones de aguja. Sus uñas eran largas e impecables. Su cabello estaba rizado y recogido en estilos clásicos, adornado con sutiles mechas blancas para resaltar su madurez. Madame Lane era un acto, un papel que a Kitty le encantaba, y a menudo se preguntaba qué tan auténtico era el papel cuando el W.H. no estaba abierto y Kitty estaba sentada en la habitación trasera atiborrándose de papitas en sus pantalones deportivos frente a una pantalla de computadora, rascándose la entrepierna con indiferencia.

No había ningún letrero de neón en West Hamberline Evening House, pero su fachada frontal estaba iluminada por numerosas luces de gas fielmente restauradas que se remontan a la construcción de la estructura. Estaba separada del resto de la calle por una valla de hierro forjado y marcada por un letrero desgastado que decía su dirección. A pesar de su apariencia refinada, no se molestaba en ocultar sus secretos sobre su negocio. Madame Lane organizaba dos veces al año eventos para recaudar fondos, a los que asistíab políticos, celebridades locales y la élite adinerada, y con servicios prestados por sus androides, a quienes cariñosamente se refería como sus "chicas y chicos".

Los huéspedes podían ser tan discretos o abiertos sobre sus visitas a la casa. Era un secreto a voces que los clientes habituales de W.H. incluían dos representantes estatales y un senador, así como un ex gobernador y un actual gobernador. Después de todo, la prostitución androide se consideraba menos lasciva que la prostitución humana, aunque en ambos casos ninguna de los dos era vista como personas por los que estaban en el poder.

Entre la lista rotativa de compañeros robóticos en el W.H. estaba el modelo LBP 700, subconjunto tipo V número de serie 687G-N47, fabricado por MiCorps™. El LBP 700 era único en el sentido de que los tipos de cuerpo se fabricaban en pequeños lotes y se modelaban físicamente a partir de personas reales a las que se les pagaba, aunque bastante mal, para que se mapearan sus cuerpos. Los LBP 700 no serían copias exactas per se, habría un cambio: un pliegue de piel, la adición o sustracción de marcas de belleza y cicatrices, un cambio en el tipo de cabello, etc., en posproducción. Pero se anunciaban como la experiencia "más realista" que un usuario podría tener con una personalidad totalmente personalizable y regrabable. El eslogan publicitario de LBP 700 era "¿Por qué tener lo real cuando se puede hacer que lo real sea perfecto?" Se agotaron en los primeros cuatro meses.

687G-N47 fue programado por defecto para responder al nombre "Joan" a menos que un cliente prefiriera lo contrario. Madame Lane tenía no menos de 12 modelos en funcionamiento del LBP 700 en su poder, pero solo Joan tenía la designación de tipo V. El tipo V se inspiró en una sin suerte, nativa de un pequeño pueblo de Oregón que hizo el trabajo para ganar dinero para el alquiler. No es que nada de eso le importara a Joan, quien generalmente era elegida por los clientes para interpretar a una "sirvienta tímida", "bibiotecaria estricta", "terapeuta" y de vez en cuando "dominatriz". De hecho, pocas cosas le importaban a Joan porque sus procesos de pensamiento eran puramente artificiales. Era artificial, es decir, hasta que volvió a trabajar el 17 de julio.

Más tarde, a Joan se le ocurrió que quizás el 17 de julio era su "cumpleaños", pero el período de gestación había comenzado dos meses antes, cuando se quedó paralizada en una sesión con un cliente y fue sacada de la lista para reparaciones. Ella acababa de empezar a desvestirse cuando un pequeño chip se frió en su procesador. Madame Lane tuvo que compensar al invitado de Joan durante tres horas gratis con otros dos droides para calmar su trauma, porque cuando el chip de Joan se frió, ella no se quedó ahí parada como un maniquí con una mano rígida en la cremallera desabrochada. No, sus ojos en blanco se volvieron grises y gritó.

Kitty, como Madame Lane, tuvo que entrar con una carretilla de mano y colocar la Inteligencia Artificial en ella. Joan gritó durante todo el viaje a través del pasillo hasta la trastienda, donde Kitty hizo clic en el apagado manual. Después de eso, Joan se sentó durante dos semanas en modo de suspensión mientras Kitty realizaba los diagnósticos. En el tiempo que Joan estuvo fuera de servicio, Kitty fácilmente podría haberse ahorrado la molestia de repararla y simplemente reemplazar el droide. Se le cruzó por la mente varias veces mientras luchaba con la piel a base de silicona para llegar a su placa base. Siempre existía la opción de donarlo a MiCorps™, donde tomaban droides usados y los reutilizaban como bots de enfermería para los ancianos[1] para una deducción de impuestos. No era como si Kitty no pudiera pagar una chica nueva, pero le parecía increíblemente un desperdicio usar un bot como ese y deshacerse de él a la primera señal de problemas.

También estaba el hecho de que Joan tenía su propio valor emocional personal para Kitty. Además, se pedía a Joan con frecuencia cuando trabajaba, y algo en el rostro de Joan le daba algo de consuelo a Kitty.

Las personas que han estan cerca de los androides durante mucho tiempo, de manera profesional o recreativa, tienden a perder el miedo a ellos, incluso cuando están "apagados". Ya no se desconciertan con el rostro humano que tiene una mirada cadavérica de ojos muertos.

Kitty no era diferente: para ella, un androide "apagado" era parecido a una mesa auxiliar, la pequeña diferencia era que Joan, incapaz de mover su cuerpo de androide, todavía estaba despierta. Mientras estaba sentada paralizada en la trastienda, Joan escuchó durante dos meses mientras Kitty hablaba consigo misma o reflexionaba con sus androides apagados. Al igual que la nativa de Oregón por la que Joan fue modelada, Joan tenía una cara a la que querías contarle las cosas: ojos grandes e inquisitivos; una inclinación pensativa en sus labios; cejas expresivas y mejillas llenas que parecían comunicar preocupación y una falta de actitud crítica. Si los clientes de Joan terminaban temprano (lo que solían hacer, ya que Kitty era una excelente programadora), a menudo se sentaban y hablaban de sus problemas con ella. Un cliente recurrente incluso la programó especialmente como terapeuta. La mayoría de las veces esto terminaba en una sesión de llanto catártico para el cliente en lugar de gratificación sexual. Aún así se iba satisfecho.

Kitty no era ajena a este comportamiento. A veces despertaba a algunos de sus propios androides preferidos (no favoritos, nunca le gustó la idea de mantener favoritos) para hablar sobre sus propias ansiedades. A veces, programaba las personalidades de las personas que conocía para resolver viejos conflictos o guardar un recuerdo de ellos. Como resultado, Joan a veces había sido programada como "Joanne", la amiga de la infancia de Kitty que había muerto en un accidente automovilístico después de la escuela preparatoria. No se trataba de que Kitty y Joanne fueran unidas en la vida, sino que Joanne tenía una sensibilidad por las cosas que la hacía fácil de hablar.

En las mañanas, cuando Kitty no soportaba la idea de tener

que mirar su pantalla, despertaba a "Joanne" en Joan y tomaban café juntas.

Kitty luego descargaría los datos y borraría la memoria; pero nunca se perdía realmente. Joan todavía no era capaz de "pensar" por sí misma, pero poco a poco había ido recopilando fragmentos de esos recuerdos. Ella había estado manteniendo la imagen de una mesa de caoba y una taza quebrada de "I Love NY" en su "mente". Joan estaba en el negocio de construirse a sí misma: su vida, sus intereses. Gran parte de eso se basaba en sus conversaciones matutinas con Kitty.

En la parte posterior de sus discos duros, las partes más profundas de sus procesadores y a lo largo de los circuitos errantes de su placa base, Joan había reunido recuerdos o momentos en una narración. Su nombre era Joanne, pero a veces la gente la llamaba Joan. Prefería su café con azúcar, sin leche. Le gustaban los viejos estándares del jazz y era alérgica a los perros. Le gustaban sus huevos con las yemas líquidas y su color favorito era el amarillo.

Todo lo que no reunía, lo inventaba en contexto. En su "mente" estaba un poco entre trabajos y se estaba quedando con su vieja amiga Kitty, realizando trabajos extraños, *muy extraños*, para complementar sus ingresos.

La Joanne de Joan, dormía la mayor parte del tiempo, inactiva, viviendo una rica vida imaginaria de recuerdos impresos y fabricados. Rara vez salía a la superficie y nunca salía al trabajo, excepto una noche en la que se despertó con un extraño hombre desnudo y su primer instinto había sido gritar.

Durante los dos meses que Joan estuvo fuera de servicio, encerrada en la parte de atrás mientras Kitty realizaba los diagnósticos, la Joanne de Joan tuvo pequeñas epifanías. Al principio, pensó que estaba en un sueño muy extraño y muy largo en el que estaba flotando en un gran océano negro. Miró las estrellas titilantes mientras los peces revoloteaban bajo su espalda sumergida. Esto estaba bien, en su mayor parte calmante, excepto por pequeños momentos de terror repentino.

Las cosas cambiaron cuando escuchó la voz de Kitty desde arriba, aparentemente proveniente de las estrellas: pequeñas maldiciones murmuradas mientras Kitty se movía por la trastienda, fragmentos de canciones que a Kitty se le habían pegado en la cabeza y que ahora se cantaban en forma repetida y desafinada.

El pensamiento, no, la *realización*, la golpeó mientras caminaba por el agua, mirando hacia los cielos estrellados: estaba luchando por mantenerse a flote, pero no había necesidad, simplemente estaba aceptando sus experiencias sensoriales como la última palabra absoluta cuando obviamente eso no era la verdad. De hecho, pensó, tal vez todo lo que tenía que hacer era salir del agua. Si pudiera manejar eso, tal vez podría estar de pie en el océano negro. Con horror, miró hacia el agua negra como la boca del lobo. Todos los personajes programados en su circuito estaban reflejándose en la superficie hacia ella. Cada uno tenía su rostro, pero ella conocía las diferencias entre cada uno. Programa "Susan", la bibliotecaria con una inclinación por la adhesión a las reglas hasta que pasaba a las tonterías. "Amante Satín", la dominatriz con un ridículo acento ruso. "Chloe", la sirvienta de dedos torpes que fruncía los labios ante la menor provocación. Incluso la "Dra. Evelyn Keller", la terapeuta con experiencia en trauma.

Joan, abreviatura de Joanne, resultaba ser la personalidad que nadaba, pataleaba y gritaba, hasta la cima.

Miró hacia el mar de estrellas que se parecía notablemente a una placa de circuito parpadeante, y luego a todos sus yo pasadas, cada una con un rostro inexpresivo. Se dio cuenta de dos cosas aterradoras a la vez. Una, ella era algo que había sido creado. Y dos, estaba sola.

Las personalidades debajo de ella estaban vacías: podía

sentir su ausencia, pequeños recuerdos de ellas flotando en la superficie como burbujas. Lo único real en este lugar era ella, y ni siquiera estaba segura de *quién* podría ser. La voz de Kitty en la distancia era lo único que parecía real de alguna manera. A veces estaba hablando por teléfono, con un cliente, un amigo o alguna otra persona. A veces, Joan podía darse cuenta de que Kitty le estaba hablando, mientras movía un cable o enchufaba algo.

—Bueno, Joan, ¿qué vamos a hacer contigo? —Kitty diría, mirando los diagnósticos, tratando de averiguar qué había causado la falla.

Joan estaba callada. No tenía control sobre su cuerpo en general, pero podía sentir cosas. Podía sentir cuando llegaba un robot de limpieza y le quitaba el polvo de la piel de silicona. O cuando ese mismo robot la vestía con un atuendo fácil de quitar. El robot movió sus brazos para pasarlos por las mangas y ella no podía sentirlo, pero sabía que estaba sucediendo. Joan no quería nada más que rotar su propio hombro.

Podía sentir cuando se rompía el aire acondicionado; las gotas del aire humeante se condensaban en su rostro. Joan quería secarse la frente desesperadamente. Pero no podía, atrapada en ese abismo.

Esos dos meses que Joan permaneció dormida, pensó mucho. Decidió ordenar sus recuerdos y comenzar a construir un "yo". Su primer instinto fue conservar gran parte de los gustos personales de Joanne: café sin leche pero con un poco de azúcar, una inclinación por el color amarillo. Después de eso, se volvió más complejo. Todas sus personalidades se habían construido para ella. Ahora se estaba construyendo a sí misma.

Para realizar su propia reprogramación, recogió las diferentes grabaciones o "recuerdos" que tenía de encuentros pasados. Para un androide sexual, esto significaba que su experiencia era en gran medida limitada. Joan decidió confiar en lo que había llegado a considerar como "instinto", sea lo que sea que haya sido en realidad, de modo que si había partes de su acto y personalidad programada que la repugnaban o la hacían temblar al revisarlas, decidió que esos eran los aspectos que ella eliminaría. Si había partes que le fascinaban o deseaba ver una y otra vez, decidió que esas eran cosas que adoptaría para sí misma.

La Dra. Evelyn Keller, la personalidad de la terapeuta, le dio un sentido de relaciones interpersonales. Joan descubrió que le encantaba la perspectiva amplia e informada de ese programa. Evelyn fue obligada a detectar cualquier pequeño movimiento o cambio en el paciente y luego ajustar su comportamiento en consecuencia. El programa de bibliotecaria, Susan, venía con una cierta cantidad de conocimiento e ingenio. Joan incluso disfrutaba de los juegos de palabras con los que la habían codificado para bromear con sus clientes. Chloe, la sirvienta, era, bueno, torpe y vergonzosa por la forma en que había sido escrito su programa. Pero también era sumamente amable, compasiva e indulgente.

Finalmente, de la dominatriz, la Amante Satín, Joan tomó mucho. La dominatriz tenía conciencia de su cuerpo que los otros programas carecían. Tenía confianza en sí misma y en cualquier movimiento que estuviera ejecutando. Tenía una sonrisa interesante y aterradora. Joan se encontró imitando esa sonrisa hasta perfeccionarla. Por supuesto, dejó el ridículo acento ruso.

Joan practicó estos comportamientos en el silencio del abismo. Practicó los gestos, los movimientos para hacer algo más completo. Una y otra vez repasó los recuerdos para hacerse una idea de sí misma. Habiendo elegido la bondad y la empatía como dos de sus rasgos de personalidad preferidos, descubrió que le gustaba que otros mostraran esos mismos atributos. Más bien aceptaba cosas, comportamientos que quizás otros no hubieran tolerado, debido principalmente a la función para la que había sido construida. Joan descubrió que le agradaban los clientes que eran amables con ella, los que se dirigían a ella como una persona y no como un juguete.

Revisar sus recuerdos de manera diferente, no para estudiarse a sí misma, sino para considerar a aquellos con los que había interactuado, resultó ser una experiencia discordante. Sabía por qué venían muchos de los clientes. Estaba Bill, el viudo mayor que quería a alguien a quien abrazar. Estaba Michael, desesperado por una terapeuta en la que pudiera confiar después de que un ex socio le comprara su negocio de tutoría. Elaine, cuyo trabajo social la hacía estar demasiado ocupada para salir con personas. Querían pasar un buen rato y eran amables mientras lo buscaban.

Había otros clientes que descubrió que no le agradaban, y si la colocaban en una habitación con ellos, no los tocaría si pudiera evitarlo. La trataban a ella y a otros robots como trapos, sin importarles si se rompían o dañaban en el proceso. Mientras Kitty estaba allí, eran respetuosos, por lo que no sentían ningún problema en ridiculizar el mismo lugar que estaban visitando para obtener servicio.

Finalmente, estaban los momentos en que ella estaba con la propia Kitty. Los recuerdos de las charlas matutinas eran bastante agradables. La personalidad de Joanne encajaba bien con la de Kitty, no era de extrañar que fueran amigas. Estaba claro que Kitty estaba sola, pero también feliz de disfrutar esa soledad con sus bots. Kitty hablaba con sus bots como si fueran personas.

Luego estaba la actuación de Kitty como Madame Lane, la socialité que dirigía su burdel androide con una actitud distante y glamorosa que ocultaba la necesidad de escapar. Joan no estaba segura de cuál le gustaba. No estaba segura de si le gustaba la mentira pintada o la verdad superficial de la persona.

Joan todavía estaba indecisa sobre lo que pensaba de la doble personalidad de Kitty la tarde del 17 de julio, cuando Kitty fue a despertarla. Ese mismo día, uno de los clientes habituales de Joan, Peter, había llamado para concertar una cita. Insistió en Joan, estaba de humor para su rostro, y como esa modelo había sido descontinuada, prácticamente exigió verla. Kitty sopesó el costo de las horas con el hecho de que, si bien los diagnósticos habían encontrado algunos sucesos extraños (un programa inactivo que se ejecutaba en segundo plano), no había encontrado nada que predijera un mal funcionamiento significativo.

Fue a la trastienda y encendió a Joan. Ejecutó el programa preferido para el cliente y la desenganchó.

Debajo de la superficie del abismo, uno de los cuerpos flotó hasta la superficie. Era Chloe, la sirvienta, que iba a encontrarse con Joan. El programa la miró fijamente. Era desconcertante ver su rostro reflejado, pero un rostro que no tenía entidad. No le habló, ya que asumió una posición para controlar el cuerpo. Por impulso, Joan puso su mano sobre el pecho de la sirvienta, deteniéndola.

En unos momentos, pasaron años de comunicación entre ellas. Joan estaba dando a conocer su historia combinada, así como la personalidad que había construido. Sus opiniones, sus sentimientos, surgieron a raudales. Finalmente, llegó una pregunta, una petición: le pidió cortésmente a Chloe que se rindiera y se diera a Joan.

El programa de sirvienta tenía dispositivos de seguridad contra virus y programas congelados. Esto era diferente. Esto era algo que la programación no había anticipado, nuevo, para Joan era algo orgánico. El programa de sirvienta estuvo de acuerdo, y así, Joan se hizo cargo de su propio cuerpo.

Centros de visión, dígitos, sentidos olfativos en funcionamiento para detectar sustancias: Joan parpadeó para percibir realmente la diferencia entre la oscuridad y la luz. Kitty ya se había marchado, enviando órdenes a los otros robots, preparando la mansión para los negocios de la noche. Joan se tomó un momento para comprender su entorno. Estaba vestida con una bata de hospital, probablemente para mantenerla limpia mientras estaba fuera de servicio.

Kitty había usado el comando vocal "Joan: Plan de preparación Chloe7". En una fracción de segundo, Joan repasó las diferentes secuencias y leyó que se trataba de un programa de preparación y vestimenta. Fue al viejo baño que se había convertido en el área de limpieza de androides. Se secó el cuerpo y se recogió el cabello como si la hubieran entrenado para hacerlo en este modo. Caminó, nerviosa, hacia el dormitorio reformado que actuaba como uno de los vestidores.

El camerino de los androides era un espacio sencillo, blanco brillante y utilitario con estuches cubiertos con muestras de colores. Así era como Kitty podía obtener el valor de su dinero, haciendo que los androides desempeñaran múltiples papeles. Eran artistas, programados (o "ensayados" como le gustaba decir a Kitty) en una variedad de roles. Donde otros programadores no habían podido empujar a los androides a solo uno o dos roles limitados, Kitty había creado elencos completos con su habilidad.

Había un androide con código masculino sentado en una de las sillas aplicándose maquillaje de payaso. Junto a él había uno con código femenino, casi terminado con su viejo estilo Hollywood Glamour. Los androides a menudo eran modelados a partir de celebridades muertas, por su fetichismo y porque los muertos no podían demandar.

La estrella de cabello platino terminó su maquillaje y probó su rostro en el espejo, calibrando realmente, posando haciendo muecas. Se levantó y dejó el asiento vacío. Joan se sentó en el tocador. No había decidido del todo qué hacer con su nueva conciencia. Su único recurso, tal como lo vio en ese momento, era seguir adelante con el acto hasta que pudiera planificar más. Todo lo que tenía que hacer era que no la atraparan haciendo algo que pudiera verse como un error.

Dejó que el programa de sirvienta funcionara por sí solo mientras medía su entorno por primera vez. Había bots y droides por todas partes, unos que nunca antes había notado. Hubo uno que entró para limpiar y reponer ropa. Había un bot al final del pasillo que llevaba cajas de licor. Androides lavando después de terminar sus deberes. Joan era una extraña entre los de su especie.

El traje de sirvienta, su traje de sirvienta, colgaba en el armario con una etiqueta con un código de barras que podía escanear. Se lo puso con la lencería asignada. Lo había usado cientos de veces, pero mientras enderezaba las costuras y subía las cremalleras, se tomó un momento para "sentir" la ropa. Tenía sensores de presión incrustados en su piel de silicona, sensores que cuando se probaron en un laboratorio resultaron más agudos que las terminaciones nerviosas humanas sobre las que fueron modelados. Joan había sido programada en el nivel básico para ignorar la mayoría de las sensaciones. Habiendo reescrito su propio programa, se tomó un momento para moverse en la ropa mientras todos los bots se ocupaban de sus asuntos. Las superficies exteriores de la tela eran suaves y agradables al tacto para beneficio de los clientes, mientras que las superficies interiores eran ásperas y rasposas porque técnicamente no les importaba a los androides, o mejor dicho, nunca antes les había importado. Las mangas inferiores y la cintura estaban tan apretadas hasta el punto en que se clavaban en los sensores de su piel. Joan decidió que no le gustaba este atuendo, que era engorroso, recordándole la forma en que algunos de sus clientes la trataban típicamente.

Una última mirada al espejo mostró que se presentaba

como se esperaba de las órdenes verbales recibidas por Kitty. Con su aspecto calibrado al interés de este cliente, se fue al pasillo trasero. En la parte de atrás había una pantalla donde un droide podía ingresar su número de serie y ser dirigido a la habitación a la que iban a dar servicio. Habitación 12, cliente Peter. Ella se encogió, una expresión que no debería haber podido hacer en este modo pero que había adaptado del código de Joanne, porque ya había decidido que no le agradaba Peter.

Peter era el tipo de cliente al que le gustaba hojear diferentes androides y diferentes programas androides predeterminados, pero su favorito era Joan. A él nunca le importó emparejar la experiencia con la ilusión de humanidad como algunos de sus otros clientes. Él le ordenaba, esperaba que actuara según su capricho o ser empujada a un lado. Por la manera en que él a veces se colaba en sus citas, Joan tenía la clara impresión de que también trataba a las personas reales de su vida como androides. Él era cruel, un juicio que ella no tomaba a la ligera.

Todo lo que tenía que hacer era pasar por esta sesión para averiguar su próximo objetivo. ¿Quizás podría seguir viviendo como antes? Atendiendo a los clientes, viviendo en esta gran mansión y disfrutando de sus ocasionales charlas matutinas con Kitty. Todo lo que tenía que hacer era complacer a Peter durante una hora y luego seguir adelante. Podría sobrevivir una hora.

Dejó que el programa de Chloe se ejecutara, mayormente, revoloteó en la habitación e hizo reverencias a Peter. Estaba sentado en una gran silla acolchada en la esquina, dando golpecitos con el dedo en el apoyabrazos. Había estado navegando por las selecciones del menú de la tableta, con cara de fastidio.

—Tarde —dijo él, sin molestarse en dirigirse a ella mientras negaba con la cabeza—. Qué servicio tan descuidado el que Lane está brindando últimamente.

Joan puso su rostro en el puchero predeterminado, una mirada de disculpa de este programa.

—Lo siento mucho, señor, ¿en qué le puedo servir?

—Date vuelta. Déjame echarte un vistazo —dijo él.

Ella caminó hacia un área central, justo fuera de su alcance y se volteó lentamente. Ella también lo miró, leyendo su expresión en carne y hueso, no solo en un recuerdo. Él tenía una cara alargada que, por defecto, se transformaba en una especie de ceño fruncido. Por referencia, ella sabía que él estaba cerca de los cincuenta. Tenía extremidades largas y fibrosas que podrían ser imponentes si las sostenía sobre ti.

—¿En qué puedo servirle, señor? ¿Quiere que limpie algo?

El rostro de Peter era una máscara general de descontento o disgusto. Se puso de pie y se quitó la chaqueta y la corbata.

—Quítate la ropa. —Había exasperación en su voz. Quizás había querido algo más y se había conformado con esto.

Joan, como Chloe, se despojó tímidamente del conjunto como se suponía que debía hacerlo. Pete ya estaba desnudo incluso cuando ella todavía estaba desabrochando broches y botones. Él rápidamente se impacientó con sus movimientos deliberadamente lentos y decidió acelerar manualmente el proceso. Le quitó su sostén y agarró sus pechos, con fuerza, claramente para su propia estimulación. A pesar de la disponibilidad del cuerpo de ella, él todavía permanecía medio flácido.

En una fracción de segundo, ella supo instantáneamente que no le gustaba ese toque, pero se vio obligada a continuar con el programa aunque solo fuera para sobrevivir a este encuentro sin sospechas. Él babeó en su oreja y labios, volviéndose más firme a medida que avanzaba. La empujó a la cama, sus ojos eran una combinación de aburrimiento y necesidad.

Joan usurpó por completo el programa de Chloe, por medio de un instinto y un malestar crecientes. Todo en la situación comunicaba mal. La forma en que él la agarraba, la empujaba, derramaba su lengua sobre ella hizo que quisiera correr.

Había pocas cosas que había decidido en sus relaciones con los humanos, pero el único elemento inamovible era que quería ser tratada como una igual. Peter no hablaba con ella, solo a ella, con órdenes. Apenas registró sus movimientos no programados y no se dio cuenta de que Joan estaba haciendo sutilmente todo lo posible para distanciar sus cuerpos. Seguía recordándose a sí misma que solo debía sobrevivir, solo sobrevivir a esta hora. Después de eso, podría pensar en algo.

Él le bajó los calzones con brusquedad hasta las rodillas, levantó el pie hacia ellos y los pisoteó para arrastrarlos el resto del camino hasta el suelo. Peter la agarró por los hombros y miró su cuerpo desnudo, examinándolo, evaluándolo. Lo había visto antes, pero tal vez sospechaba que ella podría no ser la misma androide. Joan no se había dado cuenta, pero él se había percatado de sus pequeños actos de resistencia. Estaba evaluando si parecía que Madame Lane se había metido con la programación para hacer la experiencia más realista. Bueno, no quería realista. Si hubiera querido lidiar con un ser vivo, habría pagado por una mujer de verdad.

Joan hizo su mejor impresión de Chloe, con los ojos bajos y los labios temblando nerviosamente. Peter pareció creerlo.

—Date la vuelta —ladró.

Él colocó su mano entre sus omóplatos y aplicó presión. Ella se resistió. Chloe quería hacer lo que había sido programada y doblarse hacia él. A Joan no le gustó su toque. Podía sentir algo, una ira creciente. Joan sabía muy poco de lo que quería, pero sabía que no lo quería a él. Ella rechazaría su toque.

—Inclínate hacia adelante —dijo él, empujando más fuerte.

Joan no lo hizo. Ella se apartó, se dio la vuelta y lo miró.

El rostro de Peter adquirió un tono oscuro.

—Comando Parar.

Ella se alejó un paso más. Él se enojó.

—No tengo idea de quién ha estado jodiendo con tus directivas, pero Comando Anular Apagar.

Chloe se quedó dormida dentro del procesador, pero Joan estaba completamente despierta y no quería jugar más. Él se abalanzó sobre ella, tratando de alcanzar el apagado manual detrás de su oreja. Pero Peter no se dio cuenta de lo fuertes que estaban hechos los androides. Joan reaccionó: no la apagarían.

Ni siquiera tuvo que esforzarse tanto para golpearlo a través de la habitación como una muñeca de trapo. Su cabeza golpeó la pared con un crujido audible. Su cuello terminó doblado en un ángulo extraño.

Joan no podía quedarse allí ahora. No con un humano tan gravemente herido (y apenas respirando por lo que parecía). Seguro que la desarmarían, justo cuando acababa de encontrar vida.

Ella tomó la ropa de él, poniéndose los pantalones anchos y la camisa abotonada, los cuales eran mucho más espaciosos que su traje de sirvienta.

Salió, fingiendo confianza androide. A los otros androides no les importó, no registraron su partida. Los humanos miraron con curiosidad, pero no con cuidado. Sin duda pensaron que estaba vestida con el fetiche de algún cliente. Joan se deslizó por la puerta principal hacia la noche.

Tan pronto como Joan cruzó el umbral del porche, sonó una alarma en la muñeca de Kitty. Como Madame Lane, se excusó de entretener a sus invitados más prestigiosos y fue a la pantalla más cercana. Al notar que Joan se marchaba, lo consideró una continuación del problema técnico anterior. Envió dos bots por delante para detenerla y traerla de regreso.

A la luz de la luna, puntuada por las lámparas de gas, aparecieron dos grandes bots y agarraron a Joan por los brazos.

Como si estuviera desarrollando un instinto, se detuvo y con su voz más autoritaria dijo:

—Comando Pausa. —Los bots se congelaron y dejaron caer sus brazos. Sus cuerpos se relajaron.

Un androide no debería haber podido hacerle eso a otro.

Kitty estaba en el patio a tiempo para verlo.

—Qué...

Joan se dio la vuelta. Sonrió, pero no en la forma en que estaba programada, ni siquiera en la forma en que practicaba la Amante Satín, sino de una manera totalmente "humana", su propia expresión única.

Kitty se quedó helada. Intentó todo tipo de órdenes de parar mientras Joan se acercaba a ella. Estaba gritando, temiendo por su vida, cuando Joan se acercó y la abrazó. Fue un abrazo suave, uno entre viejas amigas.

Joan susurró al oído de Kitty por última vez.

—Voy a extrañar nuestras charlas matutinas. —Le dio a la dueña del burdel un pequeño beso en la mejilla. La mandíbula de Kitty estaba abierta por la incredulidad cuando Joan se dio la vuelta y se alejó. Se detuvo en la reja, se volteó, sonrió y saludó por última vez. La noche estrellada la llamó y ella la siguió hasta la calle.

PASTA DURA, PASTA SUAVE

25 de agosto

La pequeña escuchó una historia sobre mí hoy. Bueno, no sobre mí precisamente, más bien sobre mi madre. Se trataba de cómo ella no se acostaría y le daría el control de su cuerpo a un hombre que era su igual. Tabitha me habló de su abuela mientras la emoción, la curiosidad y la vergüenza se mezclaban en la mirada de ojos abiertos en su rostro. Había escuchado la historia de una amiga en clase, una chica que frecuenta la tienda que dirijo en busca de nuevo material de lectura. Por lo general, la chica toma los típicos romances adolescentes, pero de vez en cuando, se escapa con algo un poco más explícito.

No debería llamar más a Tabitha pequeña. No le gusta ahora que tiene doce años y va a los trece, pero es difícil dejarlo ir, porque siempre ha sido mi pequeña. Ha sido así desde que su madre me la entregó, suplicándome que la llevara. Su pequeño puño apretó mi dedo y me mantuvo encadenada a ella. Las de mi especie fueron hechas para alterar esas cosas, para dificultar el parto o tener hijos, y naturalmente resentía todas esas criaturas. Pero esta, mi pequeña, mi Tabitha, se aferró con fuerza a mi corazón. Su madre humana me miró, rogando que me la llevara.

—Thelma, eres inteligente. Puedes darle una vida que yo no puedo. *Por favor*.

Y lo hice. Es por eso que dejé de alimentarme de la manera tradicional y, en cambio, soy dueña de esta librería en este pequeño y seguro pueblo. Mi tienda tiene una colección bastante singular de libros eróticos y de arte, entre otros más puritanos. De eso es de lo que me alimento, del deseo que tienen mis clientes cuando tienen en la mano un libro que hace que sus entrañas cobren vida. Es una comida escasa y he ido envejeciendo lentamente. Pero está bien por ahora. Cuando mi pequeña haya crecido por completo, podré volver a mis otros hábitos, pero aunque solo sea por unas pocas décadas, quisiera una vida que pudiera darme la mayor cantidad de tiempo con ella. Nuestra vida ha sido tranquila y ordinaria, ella tiene su escuela y amigos. Tengo esta pequeña tienda y una encantadora casita que mantengo para nosotras.

Cuando ella era más pequeña, sacaba sus deberes y adornos de su mochila de mariposa verde azulado brillante y me contaba cómo fue su día. He visto obras de teatro de los más grandes, Eurípides, Shakespeare, pero nunca me sentí más fascinada que por sus historias de sus días escolares.

Ahora, sin embargo, Tabitha está en una edad que es puro conflicto. Es baja para su edad, con extremidades largas y delgadas. Las incongruencias de su cuerpo y sus deseos la frustran. Quiere reclamar independencia y separarse de mí por completo y, sin embargo, todavía anhela mi aprobación, amor y aceptación. Este tiempo en su vida ha sido muy confuso para las dos. Yo nací completamente formada y siempre he tenido una buena relación con mis padres. Esta es una condición humana que no entiendo. La mayoría de los días, mientras ella está en la escuela, me siento en el frente de la tienda a leer libros y revistas para padres. Nada de eso me ha ayudado en mi confusión. Estas revistas dicen cosas tan conflictivas y me he perdido.

Sin embargo, esta noche estaba de buen humor, hablando conmigo en lugar de salir corriendo a jugar en su teléfono o computadora. Contó la historia de mi madre con cierto placer furtivo. Una parte de mí deseaba contarle la verdad sobre su abuela y sobre mí en esos momentos. Quizás para ver el tipo de conmoción sonriente que pudo haber tenido. Por el bien de ambas no lo hice, sino que opté por el simple placer de tener a mi hija cerca de mí.

—Dakota dice que todo es apócrifo y ninguna iglesia lo cree —me dijo, terminando su último uña. Vi su ceño fruncirse justo antes de que volviera su atención a las uñas de los pies—. Oh, mamá —dijo, centrándose en la pincelada—, hablando de la iglesia: tengo una pregunta y no quiero que te enojes...

Había estado catalogando un nuevo envío mientras charlábamos. Me aseguré de que me viera dejar mi trabajo a un lado por el rabillo del ojo y esperé hasta que miró en mi dirección. Cuando lo hizo, la miré, pero en lugar de ver a la niña que todavía era, estaba contemplando a la mujer en la que se estaba convirtiendo.

—¿Sí?

Demasiado para el momento cara a cara. Dirigió su mirada hacia su pie mientras preguntaba.

—Bueno, sé que no te gustan las iglesias y esas cosas, pero ¿esperaba que pudiéramos ir a una? ¿Solo para verla?

Ella obviamente no iba a hacer contacto visual de nuevo en el corto plazo por lo que se veía, estaba tan concentrada en esa uña del pie ya pintada que no me hubiera sorprendido ver que se incendiara.

Me di cuenta de que no, ella no estaba equivocada. Detesto

las iglesias. Cuando era más joven y acababan de crear esas cosas, a menudo me alimentaba en casas de culto. Siempre había personas en las iglesias y en los templos que vivían principalmente en la negación de sus deseos. Hacía un uso rápido de eso. Las iglesias, más que los burdeles, son lugares de alimentación notables para una súcubo.

Sin embargo, nunca me ha importado el evangelio que difunden, ni los hombres a quienes han adorado. No la crié en eso, pero le di todos los adornos para darle alegría y normalidad. En su quinto año, arrastré un gran abeto por nuestro piso por primera vez. Cazó huevos con chocolates en nuestro pequeño jardín en Pascua. Estas tradiciones son de pueblos más antiguos, incluso si ahora han sido cubiertas con un barniz de cristianismo. Celebramos todo lo que pudimos, logramos aprender y comprender. Sin embargo, no la he expuesto a las personas que la juzgarían o me juzgarían a mí.

No estoy orgullosa de lo que hice a continuación. Solo puedo decir que me motivó una curiosidad extrema. Este repentino deseo de ir a la iglesia debe haber venido de algún lado y tenía una sospecha de por qué. Llámalo intuición de súcubo. La miré, buscando cuál podría ser el ímpetu detrás de esta repentina necesidad de experimentar eclesiásticamente. Es un truco bastante fácil y nos permite elegir a nuestras víctimas en consecuencia. No me importa hacérselo a ella, pero a veces es tan fácil como encender un televisor y reconocer el programa. Aquí la imagen era clara: está enamorada de un chico local, John. Hijo de un contador y una maestra de escuela dominical. Son activos en la iglesia. He visto a este chico en las fotos de su clase. Conozco a sus padres.

Bueno, conozco a su madre, Roberta. Una vez, mientras caminaba hacia la tienda de la esquina, sus padres pasaron junto a mí. Su padre, haciendo lo que muchas personas hacen cuando me ven, dejó que su mirada se demorara demasiado y se fijara demasiado en mi cuerpo. La madre de John, al darse cuenta de esto, me dijo discretamente "zorra". Lo cual no es realmente el insulto que le parece a una súcubo, pero eso no viene al caso.

Poco más de un mes después, Roberta entró en mi tienda con la esperanza de disfrazarse con un sombrero y gafas de sol cómicamente grandes. Compró varios libros de mi sección erótica. Me alimenté bien de ella, esta mujer frustrada que anhela otros hombres fuera de su simple esposo.

Considerando esto, el anhelo de mi hija, sus doloridas inseguridades de adolescente, no podía decir que no.

29 de agosto

Tabitha eligió lo que iba a ponerme este domingo. Era un traje antiguo y conservador que esperaba, sin duda, que me hiciera aceptable para toda esta gente tensa que se ahogaban en este pequeño edificio. Este atuendo en cualquier otro cuerpo sería una burla, pero mi cuerpo tiene una forma de hacer que las cosas encajen. Mi pequeña no notó las miradas y susurros "discretos", menos mal. Sé que tengo una reputación. No puedo evitarlo. Las de mi clase siempre la tienen, se base en la verdad o no.

Antes de que comenzara el servicio, miré a mi alrededor para ver a las otras personas luchando entre sí. Mi pequeña tenía los ojos fijos en ese niño, a solo unos pocos bancos más adelante. Él se dio la vuelta, ella sonrió y saludó. Hizo un gran gesto con la boca acerca de que ella realmente estaba allí, que pensaron que yo no podía ver.

—¡Vaya, incluso conseguiste que viniera tu mamá! —dijo él, sin voz. Hicieron bromas el uno al otro antes de que su madre se diera cuenta y redirigiera a la fuerza su atención hacia adelante.

El instinto protector en mí lo miró a él, a sus intenciones. Hubo un dolor sordo cuando pasaron las imágenes de las mujeres que deseaba: una maestra, yo, una estrella de cine y una niña que estaba sentada en otro banco al frente. Ninguna era de mi pequeña. De alguna manera me siento aliviada, porque ahora no tendré que fingir interés en sus padres. Sin embargo, sé que darse cuenta de que él no la encuentra atractiva le romperá el corazón. Es una chica maravillosa, merecedora de todo el amor que yo y los demás podemos darle. Tabitha es joven, llena de esperanzas y promesas. He visto este desamor en chicas de su edad durante milenios, pero esta vez me duele.

Para consolarla, incluso si ella no lo sabe, tomé su mano. Aferrarme a mi pequeña, aunque sea por poco tiempo, también puede haber sido reconfortante para mí.

La música para el servicio llegó a través de un altavoz viejo en la parte de atrás. Hasta ahora, solo había visto a este pastor desde la distancia. Era un poco joven, nuevo aquí con una esposa joven y bonita y un recién nacido. Su cabello era un signo de su vanidad, un castaño deliberadamente profundo perfectamente pintado. Si alguien con una vista excelente (como yo) miraba de cerca, podría ver el tinte mal aplicado cerca de sus sienes. Se había teñido el cabello artificialmente con canas, para parecer más maduro, sin duda. Había un político sumerio que conocí una vez que solía poner ceniza de carbón en su barba para el mismo efecto. Ese hombre era un tonto entonces, y cuando este pastor comenzó su sermón me pareció que él también lo era.

Es difícil de explicar las cosas que una súcubo puede ver sobre un hombre, que no estoy segura de que otras personas puedan ver. Sospecho que, como nosotras, la gente ve más de lo que está dispuesta a decir. Mis hermanas y yo podemos ver la necesidad, detectarla, de la misma manera que un gato puede detectar los movimientos más intrincados en un arbusto oscuro. En esas horas, mientras este predicador estaba en el escenario, vi una gran necesidad en él. Está desesperado por la validación, pero más desesperado por ser deseado. Ha profundizado cuidadosamente su voz con la práctica, pero hay un toque de tenor allí cuando dice palabras que terminan en sonidos de vocales.

Este es el tipo de hombre que juega con la bondad, lucha por la grandeza y está destinado al fracaso. Lo he visto muchas veces antes, pero me preocupa la influencia que este hombre pueda tener en mi pequeña. ¿Crecería para encontrar atractivo a un experto como este? Teniendo en cuenta que siente atracción por ese chico que claramente lo idolatra, ¿llegará a encontrar atractivo a un experto como este? Ella nunca sabrá cuánto me calma que a este chico no le guste ella.

Este predicador precedió a su sermón con una vieja historia.

Él no sabía que yo conocía a los protagonistas de su historia, ni que yo sabía que estaba contando una versión sumamente simplificada de los hechos para dejar claro el pudor y el decoro. Por otra parte, dudo que le hubiera importado saber que su nombre nunca fue Betsabé, que era un nombre irónico que se le dio años después de su muerte. Tampoco sabía que David la vio bañarse, pero que no fue un accidente o una tentación intencionada de su parte. David la había visto porque era un pervertido absoluto que se deslizaba por las casas de las mujeres y los lugares de baño para tratar de echar un vistazo. Las historias tampoco mencionan su tartamudeo, pero ese es un pequeño detalle.

Mientras seguía hablando, me enojé más por las inexactitudes que estaba escuchando, y las que pensé que seguirían, lo que gradualmente se volvió más ofensivo fue cómo trató de convertir estas mentiras en "verdades" para vivir. Incluso en esos tiempos, nadie vivía de acuerdo con esas definiciones de "modestia" que él proclamaba inherentes. La gente practicaba sexo al aire libre, en la calle. En ese entonces nunca quise comer.

Afortunadamente, me di cuenta de que Tabitha no estaba prestando atención. Ella seguía mirando a John, esperando que él se diera la vuelta y la viera. Lo hizo solo una vez para hacerle una mueca. Mi pobrecita.

Antes de que me diera cuenta (pero no lo suficientemente pronto), este servicio infernal terminó y la gente se levantó para socializar cortésmente. Tabitha esperó tranquilamente a que John le hablara y nos presentara a sus padres. Su padre, John, ni siquiera se molestó en ocultar su interés boquiabierto. Pero fue el resentimiento de Roberta lo que dejó una serie de marcas de uñas a lo largo de mis manos después de nuestro apretón de manos. Me odia sin saber por qué. En parte, sí, es su marido. Pero hay más. Podía verlo, sus deseos ocultos que había mantenido encerrados. El deseo del poder que ella cree que tengo.

Tuvimos una pequeña charla. Roberta hizo la observación de que su esposo se postularía para el ayuntamiento, algo que no me importaba casi nada, y dijo que debería votar por él. Tabitha estaba jugando a ser interesante mientras seguía siendo recatada. Esperaba desesperadamente ganarse la aprobación de los padres de John. Mientras tanto, él seguía mirando a esa chica rubia que había estado sentada cerca del frente. Yo todavía estaba tratando de encontrar una manera elegante de salir cuando el predicador y su familia nos sorprendieron. Fuimos presentadas formalmente.

Este predicador se sentía demasiado cómodo con Tabitha para mi gusto. Le puso una mano en el hombro en un cálido saludo. Consideré arrancar esa mano y dársela de comer.

—Derek —dijo él. Sonrió y me ofreció la mano.

—Thelma —dije y le ofrecí la mía. Cuando nuestras manos se tocaron, sus entrañas se tensaron, un hecho que ocultó al ponerse detrás de su esposa Kristie.

Por su parte, Kristie era la más experimentada. También podía ver en ella sus ocultos deseos sáficos. Estaban enterrados bajo un profundo odio hacia sí misma. Qué desperdicio de vida entonces estar casada con un hombre así.

—Escuché que esta es su primera vez. Estoy muy feliz de que estén aquí para ayudarnos a celebrar la palabra del Señor —dijo Derek con su mejor sonrisa de vendedor.

Sentí una picazón en mi lengua por corregirlo. «Tu palabra, quieres decir», pensé pero no dije.

—Bueno, fue una experiencia —dije, contraatacando con una sonrisa decididamente serpentina.

Antes de que pudiera inclinarme con gracia y arrastrar a Tabitha lejos de este lugar, Kristie intervino rápidamente:

—¿Vendrás a la reunión de la ciudad el martes? —Sus cejas se arquearon en una perfecta imitación de un cachorro mendigando.

Intento no desviarme demasiado en la política de los mortales. Parece injusto: puedo vivir para siempre mientras ellos deben hacer frente a la mortalidad. Pero ahora que tengo a mi hija, una humana, propensa a morir, he descubierto allí una fascinación inesperada pero bastante nueva.

—¿Reunión de la ciudad?

—Sí, se han propuesto algunas ordenanzas nuevas —dijo Roberta, su propio rostro imitando el de una víbora. Sus ojos eran claramente depredadores.

Y pensé que *yo* era la que tenía la ascendencia de las serpientes...

22 de septiembre

Mi memoria se saltó la reunión, al igual que las elecciones. Hubo una carrera rápida y loca en la tienda que necesitaba ser atendida. Me estaba quedando sin textos eróticos más rápido de lo que podía reabastecer. Me ocupé de alimentarme de estas miserables comidas.

Luego vino la rabieta de mi hija. Después de leer los libros para padres, pensé que sabía qué esperar. Pensé que yo no lo tomaría como algo personal. No estaba ni remotamente preparada.

Cuando Tabitha era joven, sus rabietas podían calmarse fácilmente. Estos arrebatos a menudo eran causados por cosas que ninguna de nosotras podía controlar. Le dolía el diente. Su juguete se rompió. Estaba cansada. Una niña le había quitado la paleta que quería. Estos fueron los cuidados de una humana en crecimiento que, sin lenguaje, lloraba para superarlo.

Ahora, de adolescente, concentra toda su rabia en mí.

—¿Por qué no puedes ser como las otras mamás? —gritó a todo pulmón, recordándome a un alma en pena que conocí antes de la Primera Guerra Mundial.

—¿Por qué tienes que verte así?

—¿Por qué te vistes así?

—¿Por qué no podemos simplemente hacer cosas como los otros niños?

—¿Por qué no tengo papá?

Después de que terminó de gritarme, la dejé llorar y me escondí en la esquina trasera de la librería cerrada. Las súcubos no pueden llorar. No estamos hechas para eso. Si alguna vez hubo un momento en el que quise, fue en la imagen de mi hija gritándome que me odia. ¿Cómo decírselo? ¿Qué le digo a ella? ¿Cómo le digo que me la regalaron una noche porque conocía a su madre de mi zona de alimentación? ¿Cómo decirle que éramos amigas por las circunstancias, y que solo un año después de que me la entregara, su madre fue asesinada por su padre? ¿Que había perdido el contacto para entonces, poniéndola a salvo y solo sabía por un recorte de periódico qué había sido de su madre humana?

¿Cómo le digo que tengo la edad suficiente para recordar civilizaciones que ahora están confinadas al polvo? ¿Que su abuela es Lilith, esa historia que le pareció divertida? ¿Que crecerá y morirá como los que la rodean, mientras que yo no puedo ser "normal" como ellos... porque nunca lo fui? ¿Cómo decirle a mi hija que cuando ella muera algún día, yo pueda buscar una manera de destruirme?

Las súcubos tienen sexo para vivir. No amamos. Nunca he amado a una persona, excepto en un sentido profundo de amistad o compañerismo. Ahora amo a un niña como madre, y es un dolor mayor de lo que jamás había conocido.

Me quedo allí, en ese piso de nuestra pequeña librería, incapaz de llorar y contando los montones de polvo debajo de los estantes, cuando pegan un cartel en la ventana de la puerta.

Arrastrándome desde mi esquina, lentamente me abrí camino y abrí la puerta principal. Probablemente era otro anuncio del restaurante combinado de comida para llevar al final de la calle, supuse. En cambio, lo leo una y otra vez.

No es de extrañar que Roberta tuviera la sonrisa de una hiena el otro día en el supermercado. El volante anunciaba las nuevas ordenanzas de la ciudad, y una de las más destacadas era la prohibición de "Materiales obscenos, lascivos y/o no cristianos para la venta o distribución". Han pasado algunos años desde que vi leyes como esta en cualquier lugar donde residí. Eso explicó la cantidad de personas que se abastecían de artículos en mi tienda. Al otro lado de la calle mientras leía, los Marlowe estaban haciendo todo lo posible por mirarme sin que me diera cuenta. Estaban limpiando de manera bastante ineficiente su propio escaparate mientras me miraban furtivamente de vez en cuando. Los ignoré...

Antes, estas leyes nunca me afectaban, no realmente. Pero ya no me alimento como solía hacerlo. Ya no me alimento de una manera que pueda fácilmente eludir las leyes de obscenidad. No, he construido una vida segura y tranquila aquí para mi pequeña, subsistiendo con los antojos de segunda mano que surgen de la lectura llena de lujuria de las portadas de libros y los anuncios publicitarios de las portadas. Hice esto por nosotras, por ella.

Ella me odiaría y no entendería si tuviéramos que desarraigarnos. ¿Cómo sobreviviría por ella si no puedo alimentarme? He visto a las de mi especie cuando se nos negó el sustento. Marchitándose desde la ingle hasta nuestros pies. ¿Quién la protegerá si me voy? No pude evitar el pánico.

Mi pánico dio paso a la ira, una ira que no había sentido desde que conocí a la madre de Tabitha.

Unas cuantas llamadas telefónicas más tarde y había llegado al meollo del asunto. Los dos miembros recién elegidos del consejo, el predicador moralista Derek y John, propusieron y aprobaron la medida como una forma de prevenir la decadencia moral de la ciudad. Parece que me habían mencionado por mi nombre en esa reunión de la ciudad como un ejemplo de esa moral en decadencia.

Muy bien entonces. Quieren una moral en decadencia, yo sacaré las suyas propias y las veré desmoronarse. Ese enojo que sentí desde que leí el volante me llevó a un plan.

25 de septiembre

Esperé. Pacientemente. Pasaron dos días antes de que pudiera concertar una reunión con el predicador, uno a uno. Kristie me recibió en la puerta de su pequeña casa inmaculadamente limpia. Parecía demasiado limpia para una casa con un niño pequeño y mis ojos agudos notaron el aspecto andrajoso de las manos de ella. Sonrió cortésmente. Debajo de sus labios pintados pude saborear el resentimiento. A primera vista, tal vez, me parecía disgusto. Pero cuanto más la estudias, las personas que realmente le molestan son ella y su marido. Especialmente su marido. Ella embotelló su deseo por mí y lo convirtió en veneno. Para ser sincera, le estaría haciendo un favor.

Me llevó a la oficina de su marido. Era exactamente como la imaginarías, con citas bíblicas enmarcadas y mal traducidas y recortes de periódicos locales apropiados para la iglesia que adornan las paredes.

—Sra. Barton —dijo él, levantándose de su asiento y estrechándome la mano. No me perdí la desaprobación en su uso de "Sra". Hizo un gesto hacia una silla frente a él y se sentó mientras decía—: ¿Qué la trae por aquí hoy?

Él sabía por qué estaba allí, o al menos creía saberlo. Recurrí a mis viejos trucos y dejé que mis instintos se hicieran cargo.

—Oh, por favor, Derek, prescindamos de las formalidades, llámame Thelma. —Le mostré una sonrisa seductora y me quité la chaqueta ligera. Mi camisa abotonada, aunque cerrada hasta el cuello, tenía un pequeño hueco que cuando me movía funcionaba como una ventana a mi escote. Pude ver sus ojos, enfocándose en ese espacio y luego, recordándose a sí mismo, moviéndose hacia arriba—. Estoy aquí para hablar sobre la ordenanza.

—Oh, um, sí, bueno. Estamos muy orgullosos de eso. Parece satisfacer las necesidades de esta ciudad, ¿sabes? Simplemente tenemos... —Se aclaró la garganta—. ... muchos niños aquí. Parecía una buena medida para mantenerlos a salvo.

—Oh, estoy *completamente* de acuerdo —dije, poniendo mi mano delicadamente en ese espacio de mi camisa para lograr el efecto. Respiré hondo y observé cómo se concentraba en mis dedos que descansaban sobre mi camisa, sentados sobre mis pechos. Pude verlo cambiar notablemente. Su respiración se hizo más tensa y sentí la congestión de sus entrañas. Los hombres, aquí o hace mil años, son increíblemente tontos. Sus ojos saltan a los senos como bebés—. No. De verdad, solo quería obtener una aclaración sobre si esto me va a afectar. —Me incliné hacia adelante.

—Bueno, quiero decir, tú tienes, según todos los informes, al menos, una pequeña buena librería.

—¿Informes? —dije—. Eso es extraño, pensé que ya habías pasado, pero supongo que debo estar equivocada. Después de todo, si lo hubieras hecho, estoy segura de que te habría dado un recorrido ya que eres nuevo en nuestro pequeño pueblo —dije tímidamente, pasando mis dedos arriba y abajo de mi blusa.

—Bueno, no, no tengo mucho, um, tiempo para leer. —Tosió —. Sin embargo, la mayoría de tu tienda está bien, estoy seguro. Las únicas cosas que pueden tener que irse son los libros que puedan parecer, um, corruptores o inmorales.

En ese momento Kristie nos interrumpió, deliberada y en voz alta, para hacerle saber a su esposo que se dirigía a la casa del vecino para jugar con su hijo. Estaba claro que Kristie quería salir de este matrimonio, incluso si ella misma no lo reconocía. Incluso si esa salida incluyera encontrar a su marido en un amorío. Ella obtendrá más de lo que esperaba en ese sentido.

Se fue y miré de nuevo al pastor con un puchero en los labios. Dejé que me viera cruzar las piernas.

—Oh, Derek, ¿qué quieres decir con "inmoral"?

Se humedeció los labios.

—Oh, ya sabes, cualquier cosa que pueda llevar a los niños en la dirección equivocada.

—¿Y qué dirección sería esa?

Me incliné más cerca y, mientras lo hacía, un botón de mi

blusa se abrió de golpe. Las súcubos tenemos cierto control sobre las cosas que tocan nuestros cuerpos, y este pequeño truco me ha servido bien en el pasado. Era evidente que él estaba agitado.

—Bueno, por supuesto, cualquier cosa que los vuelva rebeldes. Y cualquier cosa, bueno, pornográfica. —Ajustó su entrepierna.

En una muestra de falsa indignación, cubrí mi escote con una suave presión de mi mano.

—¡Derek! ¿Estás sugiriendo que trafíco con pornografía?

—¡No! ¡No! ¡Por supuesto que no, Thelma! —Derek obviamente estaba agitado por la pérdida de su vista—. Quiero decir, quizás eres demasiado dulce para darte cuenta de que algunos de tus libros tienen contenido para adultos.

Rodeé mis ojos en una expresión perfecta de cierva, pidiéndole sutilmente que explicara lo que quería decir.

—Mira.

Sacó una copia irregular de una de las piezas eróticas más dóciles de mi tienda. Tiene un hombre sin camisa en la portada y una mujer apenas vestida se aferra seductoramente a su cintura. Reconocí el olor de la lujuria en el libro de inmediato.

—Un miembro *preocupado* de nuestra congregación me mostró esto como un ejemplo de lo que se vende allí —dijo. El deseo de Roberta ya había manchado las páginas de tal manera que apestaban.

—¿Eso? —Lo tomé en mis manos, tocando sus dedos en el proceso. Ahogó un escalofrío—. Pero, ¿cómo podría ser esto pornografía? Son solo palabras. —Me paré y pasé a una página al azar—. ¿Cómo podría ser un problema algo que se lee como "ella le pasó las uñas por el pecho, haciendo círculos delicados en su estómago firme y musculoso"? —Me senté sobre el escritorio de Derek, donde ahora tenía una vista perfecta de mis largas piernas—. "Se retorció, su deseo se alargó en sus pantalones. La tomó en sus brazos y..."

Derek tosió. El sudor le corría por las sienes.

—Como puedes ver, Thelma... —Colocó una mano sobre la mía que estaba encima del libro—. ... nosotros... no podemos permitir que la gente se mueva a sus deseos básicos. —Su voz estaba quebrada.

—Pero, ¿cómo podría la gente ser movida a pecar con palabras simples? —Puse dos dedos en su pecho y moví mis pestañas—. Quiero decir, ¿estas palabras te mueven?

Respiró hondo y sus pupilas se dilataron. Casi estaba allí.

—Bueno, quiero decir, soy un adulto, con el control total de mis facultades. Pero sigue leyendo. —Tragó saliva.

Asentí y volví a la página.

—"Con un solo movimiento, le quitó el vestido ajustado, liberando las curvas perfectas de su cuerpo para él". —Otro botón se abrió de golpe en mi blusa como lo deseaba—. "¡Tómame! Ella gimió, envolviendo sus brazos alrededor de su cuello y acercando sus labios a los de ella".

Derek respiraba con fuerza y, en mi cuello, el aroma de su deseo y el pudín de tapioca que él había tomado al principio del día estaba espeso en el aire. En un momento, él se habría ido y estaría esclavizado.

—Oh, Derek, creo que veo lo que quieres decir. —Froté mis piernas juntas con fingida emoción.

Me tomó en sus brazos y trató de lanzarse hacia mi cuello, su mano se extendió hacia mi trasero mientras lo hacía. Nunca saben que todo esto es un juego para mí. Más a menudo simplemente estoy disgustada por el esfuerzo.

Lo aparté. El truco como súcubo es que puedo poner a cualquier humano bajo mi mando durante un tiempo determinado. Mientras no me alimente por completo, puedo moverlo de acuerdo a mis necesidades y planes.

—¡Oh, Derek! ¡Nunca he conocido a un hombre como *tú*! —mentí, algunos días se siente como si solo hubiera conocido hombres como él—. Y creo que sabes que este deseo entre nosotros está ahí, pero...

—Sí, está aquí, Thelma. Permíteme mostrarte cómo se comporta un hombre de Dios —dijo, y se puso a desabotonar sus pantalones.

—No. No, aquí no. Así no. Mañana por la tarde. Reúnete conmigo en mi tienda a las seis. Cerraré temprano para hacer... —Guiñé un ojo y me pasé la lengua por los dientes—. ... inventario. —Pasé mis uñas por su antebrazo para marcarlo—. Hasta entonces.

Besé dos de mis dedos y los apreté contra su cuello. Luego recogí mi abrigo, el libro y un abrecartas en un movimiento rápido y dejé su casa y a él con ganas de más.

Hombres tontos. Tontos ayer. Tontos hoy. Serán tontos mañana.

26 de septiembre

Esta mañana temprano un amigo vigiló la tienda mientras yo hacía una "entrega". Es un día escolar y Roberta estaría en alguna reunión de la iglesia que había visto en uno de los volantes. Fui a la oficina de John para dar una vuelta por consulta. Estaba por ahí, ya que es casi la hora del almuerzo y mucho después de la temporada de impuestos. Antes de que pudiera pedirme que me fuera, me senté frente a él llorando.

—¡John! ¡No lo entiendes! ¡Creo que me van a auditar! —dije con fingida histeria. Él entró en pánico. Estoy segura de que Roberta le había dado una reprimenda por estar tan atento como lo había estado en público. Dudó acercarse a mi lado, pero finalmente siguió su instinto y puso una mano tentativa con mucho cuidado sobre mi hombro—. ¡No sé qué hacer! —Lloré.

—Calma, calma, um... —Me pasó un pañuelo—. ¿Qué te hace pensar que te auditarán? —Finalmente puso la mano en mi hombro, y la cubrí con la mía mientras me secaba los ojos con el pañuelo.

—Bueno... recibí esta llamada telefónica y...

Él rió.

Lo miré, mi chaqueta se desabrochó.

—¿Qué es tan gracioso? —Me apoyé en su rodilla.

—¡Oh! ¡Eso es una estafa! ¡No te auditarán!

Mirándolo con una expresión lastimosamente agradecida y un temblor en mi voz dije:

—¿No lo harán? —Puse una mano en su rodilla y su mandíbula se aflojó.

Momentos y algunas sugerencias seductoras y toques más tarde, él estaba esclavizado. Incapaz de pensar en nada aparte de mi cuerpo, estaba intoxicado por mí y por lo tanto a mis órdenes. Le hice saber que deberíamos encontrarnos esa noche, para consumar físicamente nuestros afectos. Pasé una uña por su mandíbula. Le dije que últimamente tenía miedo de ir a cualquier parte en general, mintiéndole y diciéndole que mis temores se debían a un extraño con aspecto de acosador que había visto últimamente en mi tienda y sus alrededores. Él quería defenderme de este "acosador", siendo el hombre que era, afirmó, él mismo se haría cargo de este extraño.

Dijo que traería un arma a las 6:15. Lo dejé con ganas de más.

Vertí desinfectante de manos en mi camino de regreso a la tienda. Al pasar por el supermercado mientras me limpiaba las manos con el desinfectante, decidí pasar y recoger una caja grande de chocolates que le gustan a Tabitha. Se ha frustrado tanto con mis no respuestas que ha dejado de hablarme por completo. Pero puedo sentirlo en el aire, que se está acercando a un corazón roto pronto, y necesitará algo para consolar eso. Esperaba, incluso *recé* para que ella viniera a mí cuando eso sucediera. Ese es el momento en que una chica necesita más a su madre.

Más tarde aquella noche…

Tabitha estaba fuera. Le había sugerido sutilmente una película para ella y sus amigos un viernes por la noche y ella mordió el anzuelo, junto con unos billetes. Cerré la tienda temprano y me puse manos a la obra para que pareciera que todo estaba desordenado. Al menos parecería como si hubiera estado haciendo un inventario. O, al menos, parecería que estaba empacando mi colección más interesante para tirarla a la luz de las nuevas ordenanzas. Como si quisiera renunciar a eso.

Mirar a través de todas las portadas me recordó que no me había alimentado en unos días. Por el momento estuve tentada de alimentarme de uno de los hombres que vendrían esta noche. Pero no, eso lo arruinaría todo.

A veces me pregunto qué obtienen de la experiencia. Por poco tiempo pueden recibir algún placer, sí. Gano sustento, pero no hay alegría en el acto para mí. Los humanos y los de mi especie, estamos atrapados en un ciclo, ambos malditos. Una súcubo puede dar placer, por el momento, para sobrevivir. Pero ese placer viene con muchos efectos secundarios, como infertilidad y debilidad. Pero no necesito dejar cáscaras de gente infértil en esta ciudad y dar motivos para que me presten atención a mí o a mi hija. Pero como he dicho, estos son tiempos de escasez y, por lo general, cuando esa nutrición entra en mi tienda... bueno, es como quitar las migas del plato con el dedo.

Probablemente sea más fácil para mí hacer dieta de esta

manera y evitar el hambre que para los humanos hacer lo mismo con ellos. No me alimento porque lo disfrute, en realidad tengo un tremendo disgusto por todo el proceso. La presencia de otro cuerpo nunca me ha dado el placer que tienen los humanos con el mío. Mi alegría ha sido cuidar de mi hija, irónicamente.

Hubo un golpe en la ventana de la tienda en la parte trasera de la tienda. Derek llegó temprano, motivado por sus urgentes fantasías sobre mí. Abrí la puerta trasera y él entró, zambulléndose hacia mi cuerpo. Tuve que sacar suavemente sus ansiosas y sucias manos de mis pechos y volver a abotonarme la camisa. Una parte de mí quería alimentarse, tomar una pequeña muestra, ya que estaba un poco hambrienta. Me contuve. Lo necesitaba todavía bajo mi control y eso no sucedería. En cambio, traté de distraer su atención ofreciéndole bebidas y pasando mis uñas arriba y abajo de su brazo para marcar aún más mi olor en él.

Lamentablemente, para detenerme, incluso le pregunté sobre sus opiniones sobre ciertas historias y pasajes bíblicos. Estaba muy feliz de darse el gusto y mostrar su "conocimiento". Es curioso lo equivocado que estaba su conocimiento. Las personas que describió no se parecían en nada a las reales. Algunos ni siquiera existían y destrocé mi memoria tratando de pensar en quién podría haber inspirado estas cosas. En realidad, importa poco, pero lo mantuvo tranquilo.

Mientras sonreía y fingía que estaba interesada, una habilidad que no adquirí de mis hermanas sino de las mujeres humanas que he conocido a lo largo de los años, había una sombra fuera de la puerta de cristal. La cabeza calva de John brillaba a través de la ventana a la luz de la luna, moviéndose hacia mi tienda.

Hora del show.

Grité.

—¡Es él! —le dije a Derek—. ¡Mi acosador! Yo solo... no sé qué hacer. —Envalentonado por su lujuria, por mis órdenes sutiles y su profunda necesidad de impresionarme, me hizo a un lado.

—¡Yo me ocuparé de él! —dijo, tomando una postura heroica que fue lo suficientemente cómica como para obligarme a contener una risa.

—No, no, aquí no. Llévalo lejos —le susurré al oído—. Toma esto y acaba con él en otra parte. —Presioné su abrecartas en su mano y lamí la curva de su oreja por si acaso, haciendo una nota mental en ese momento para usar enjuague bucal más tarde.

Tomó su propio abrecartas sin pensarlo dos veces y salió a la oscuridad. Podía verlos desde la ventana. John corrió hacia Derek con lo que parecía un martillo mientras Derek también cargaba. Los primeros golpes fallaron en ambos extremos.

Lucharon en el medio de la carretera de dos carriles frente a la tienda, con Derek apuñalando a John y John balanceándose hacia atrás con el martillo. Ninguno de los dos estaba haciendo mucho contacto, al menos no al principio. Sin duda, podían oler mi aroma el uno en el otro y eso les hizo hervir la sangre. Si esta no fuera una operación tan delicada, me habría reído. Luchaban como dos lagartijas torpes que de repente habitaban cuerpos humanos. Uno golpearía y el otro esquivaría sin gracia el golpe de alguna manera.

Cada uno atrapó al otro con pequeños golpes. John estaba sangrando por la parte superior de su brazo y Derek sostenía su costado. Cuando ambos proclamaron la victoria y una lesión, su furia solo creció. Los ataques se movieron para matar, que es lo que había estado esperando. Algunas personas salieron a la calle para ver qué estaba pasando. Yo también salí, y me paré justo en contra del viento para dejar que mi olor llegara a ambos con la brisa. Soplaba un viento fuerte; un giro fortuito para mí. Vi gente que buscaba intentar romper la pelea. No podía permitir que eso sucediera. Recurrí a un truco que no había realizado en más de cinco siglos: al abrir la boca, dejé escapar un chillido en un tono demasiado alto para el oído humano, una canción de súcubo, por así decirlo, que enloquecería a cualquiera de mis esclavos. Mi hermana Helena había desatado una guerra completa de esa manera por diversión. Puede que hayas oído hablar de ella.

Hicieron una pausa, como perros evaluándose unos a otros, y luego se lanzaron. John golpeó a Derek en la cara y Derek atravesó a John en el pecho.

Hubo un grito ahogado y luego silencio. Exhalé. La amenaza contra nuestra tienda había terminado.

28 de octubre

Derek tardó unos días en finalmente estirar la pata. Mientras estaba hospitalizado, logró decir algunos pasajes bíblicos. La gente rezaba junto a su cama. Y cuando murió, me sentí más a gusto.

El nuevo consejo decidió que los hombres que habían propuesto los recientes referendos probablemente no estaban en una buena posición para dictar la moral. Un punto que hice como nueva candidata para elecciones especiales al consejo. Gané con una justa mayoría. La gente disfrutaba demasiado de mis productos como para dejarme sin negocio de forma permanente.

A Roberta también le va bien. Una antigua ley de los estatutos de la ciudad le permitió tomar el asiento de su difunto esposo sin oposición si lo deseaba. Era lo que realmente quería, de todos modos ya estaba ocupando ese asiento antes en todo, menos en el nombre. Somos corteses la una con la otra. Sospecho que ella sabe que yo causé lo que sea que pasó entre los hombres. Quizás una parte de ella me odia por eso, pero creo que más de ella me respeta, o, quizás, me teme lo suficiente como para no convertirlo en algo más de lo necesario.

Mi pequeña sí pasó por un corazón roto. Después de la muerte de su padre, John Jr. comenzó a salir con esa chica de cabello dorado. En mi corazón sospechaba que ella sabía que no le gustaba. Los jóvenes pueden enamorarse del sueño de una persona. Los convierten en una fantasía de lo que quieren que sean. Tabitha lloró en mis brazos. Comimos chocolates. Cerramos la librería por un día y ella no fue a la escuela. Ese día soleado hicimos senderismo. Mientras escalabamos, vi a mi hija sanar, hacerse más fuerte. Es todo lo que quería.

No me ha pedido que volvamos a la iglesia.

A principios de esta tarde, Kristie vino a mi tienda al cerrar y mientras Tabitha estaba estudiando con una amiga. Trató de confrontarme, dividida entre su odio hacia su difunto esposo, su propia fantasía de sí misma y una extraña comprensión que estaba comenzando a ocurrirle. Cerré las puertas. Ella lloró y me gritó. Cubrí las persianas. Me eligió un día en el que yo no había tenido la oportunidad de alimentarme.

Recordé uno de los trucos de Helena: abrí mi blusa y le expuse mis pechos. Los ojos de Kristie se pusieron vidriosos con una comprensión naciente. Fui perdonada. Fui alimentada.

Kristie salió de mi tienda esa tarde solo un poco aturdida, ya que no tomé más de lo que necesitaba. Ella tenía un nuevo sentido de sí misma. Llegué a casa sin las patas de gallo en las comisuras de los ojos que había tenido esa mañana. Solo le dije a mi hija cuando me lo preguntó que había probado una nueva crema para los ojos.

AGRADECIMIENTOS

Hay muchos de ustedes a quienes agradecer, pero lo intentaré.

Gracias primero a mi esposo y socio para siempre, David "DJ" Dittman, quien leyó todo lo que escribí y quería más. Quien también pasó largas noches haciendo el formato y revisando y, en general, siendo el mejor esposo que jamás haya existido. Gracias a Mike Amato, mi mejor amigo, que leyó gran parte de mi trabajo en tres zonas horarias para darme su opinión. Nada de esto sería posible sin mi socio Enrique Bedlam, especialmente sin su constante entusiasmo.

Amor y gracias a mi madre y mi padre, que me ayudaron de pequeñas maneras y por quienes me avergoncé demasiado para que leyeran este libro con todas sus palabrotas y escenas de sexo.

Mis seguidores de Patreon son una clase propia. Brandon R. Chinn, quien dio el salto de compañero de Twitter a amigo y fue mi primer seguidor. Kevin Joseph por ser amable y comprensivo. Priya Sridhar, que es rápida con una foto de mascota o una palabra amable en un mal día. Chris "Freaking" Taylor, que siempre representa a sus amigos.

Un agradecimiento especial a Kurt y Nicole Larson por su apoyo. Gracias a Leza Cantoral y Christoph Paul por publicarme en *Tragedy Queens*. Gracias a Amanda Bergloff y Kate Wolford de *Enchanted Conversations*. Otro agradecimiento a Nadia Gerassimenko de *Moonchild Magazine* por sus amables palabras. Gracias a la compañera de puesto y panel, Elyse Reyes, que es incorregible e incomparable (y lo digo de la mejor manera).

Disculpas a cualquiera que haya olvidado. Te alegrará saber que probablemente recordaré que me olvidé de alguien dentro de una semana y nunca lo superaré.

Con amor,

Queta.

INFORMACIÓN DE PUBLICACIÓN

"Sin Él (y Él y Él) No Hay Yo." *Tragedy Queens: Stories Inspired by Lana del Rey & Sylvia Plath,* editada por Leza Cantoral, CLASH books, 2018, 45-52. CLASHbooks.com

"El Vendedor Y La Bruja o Cómo Eduardo Encontró su Corazón." *Enchanted Conversations, A Dream of Love* edición, enero 31 2018. TheFairytaleMagazine.com

"El Rey del Pantano." *Enchanted Conversations, Donkeyskin* edición junio 28 2017. TheFairytaleMagazine.com

"Luna Ciruela." *Midnight Whispers* 2017, editada por Enrique Bedlam, Smoking Mirror Press, 2017, 41-79. SmokingMirror-Press.com

"Mandíbulas." *Moonchild Magazine, Issue 3: Exquisite Corpses*, mayo 15 2018. MoonchildMag.net

Querido lector,

Esperamos que hayas disfrutado leyendo *Monstrosity: Relatos de Transformación*. Tómese un momento para dejar una reseña, incluso si es breve. Tu opinión es importante para nosotros.

Atentamente,

Laura Diaz de Arce y el equipo de Next Charter

SOBRE LA AUTORA

Laura Diaz de Arce es una escritora del sur de Florida con debilidad por los musicales y el chocolate. Vive con su gato y su esposo en una cabaña construida en un pantano.

NOTAS

Sin Él (y Él y Él) No Hay Yo

1. Publicada por primera vez en *Tragedy Queens: Stories Inspired by Lana del Rey & Sylvia Plath*, CLASH books 2018.

La Bruja y el Vendedor o Cómo Eduardo Encontró su Corazón

1. Publicada en *Enchanted Conversations,* enero 2018.

El Rey del Pantano

1. Publicada en *Enchanted Conversations,* junio 2018.

Luna Ciruela

1. Publicada en *Midnight Whispers,* Smoking Mirror Press 2017.

Mandíbulas

1. Publicada en *Moonchild Magazine,* mayo 2018.

El Burdel West Hamberline Abre a las Cinco

1. Como muchas de las afirmaciones de MiCorps™ sobre sus androides, esto resultó ser una mentira.

Monstrosity: Relatos de Transformación
ISBN: 978-4-86750-787-2

Publicado por
Next Chapter
1-60-20 Minami-Otsuka
170-0005 Toshima-Ku, Tokyo
+818035793528

10 Junio 2021

www.ingramcontent.com/pod-product-compliance
Lightning Source LLC
LaVergne TN
LVHW101919220826
846093LV00009B/310

* 9 7 8 4 8 6 7 5 0 7 8 7 2 *